UGLY　MILIYAH KATO

GENTOSHA

どれがわたしなのでしょうか。

わたしじしんが、ころころ変化して、一体どれが、わたしらしいわたしなのか、よくわからなくなるときがあります。いえ、もしかしたら、ほとんどわたしのことを、わたしじしんが、ちっともわかっていないのかも知れません。

わたしの顔は三個あります。それはもしかしたら今後もうすこし増えてしまうかも知れません。それはわたしにとって、とっても困ったことです。考えるだけで、からだの毛という毛すべてが空にむかってのびていくような、そういうおそろしい気持ちになります。ほんとうに困りました。わたしはいつからこんなふうになってしまったのかもわすれました。最初から知らなかったのかも知れません。でもそれはわたしにとってどうでもいいことです。もうなってしまったのです。そういうわたしという存在に。いま現在それに対して困り果てているということに困っているのですから、ことの発端を探し当ててもなんのやくにも立たないような気がするのです。

玄関のドアをぱたんと閉めると、わたしじしんのなかでパチンと耳もとで指と指を鳴らすような音がして、それをきっかけにしてこういうことをかんがえます。かんがえるうちに眠くなってしまうときもあります。ほんとうに寝てしまって朝になるともうそのことについてはすっかりわすれてしまっているのです。もしくは、かんがえるうちに、深く思い煩っているのにたちまちかんがえることをどこかにやって、無意識のうちにまったく別のことをかんがえてしまっていることもよくあります。そうするとわたしはどうしてもパソコンを開かずにはいられなくなって、書きます。ひたすら親指以外の両方の指をたかたか動かしつづけます。しばらくそうしていると肩がとってもいたくなります。ふう、つかれたなあなんておもっているけど手をとめることはできません。なんとなくわたしは肩のいたみを我慢してそのままたかたか動かしつづけます。そのときわたしは、たのしくてたのしくてしかたないのです。そんなことにわたしはとってもしあわせなのかも知れないとかんじます。それってちょっと滑稽だなっておもったりして、そうおもうことに対してまたかんがえたりして、そういうのもおもしろいなっておもったりします。そのじてんで、わたしはまた違う顔になっているのです。

1

美しく高価な衣装に身を包み、挑発的な視線をレンズに送る。連続するシャッター音と眩《まぶ》しいストロボがサイケデリックな混乱と興奮を呼び起こす。四方を真っ白な壁に包まれ、向かい側には照明により逆光でシルエットになった関係者がこちらを見ていた。自分が被写体になっている様を第三者に観察されているのは、まるで展示された絵の中の裸体だった。衣装はモデルが着用するためのサンプルサイズで、びっくりするほどぶかぶかだったので、なんとかわたしが着るためにクリップや安全ピンでリサイズをした。それはとても着心地が悪かった。自分ぴったりのサイズでこの洋服を着たら、きっとすごく素敵な気持ちになるんだと思った。

写真はひとつひとつ過去のものになっていく。瞬間が忘れ去られないように写真として残るのはすごく奇妙なことに感じられた。このまま目を閉じたら異次元の中で永遠に眠れるような気さえした。ストロボが速い速度で何度も光るせいで目の奥の方がじりじりした。瞬間的に今自分がどこにいるかを忘れてしまう。わたしは無意識に撮影とは全く関係のない別のことを考えていたせいで、フォトグラファーがわたしに対して言っている言葉が聞こえなかった。遠くの方でチカチカ何かが光る。三十個ほどの光はカラフルに発光し始め、ひとつとして同じ色はなかった。鮮やかな光がそれぞれのタイミングで光っては消え、まるで強烈なドラムンベースを聴いているみたいな気分になった。やがてそのひとつひとつにスマイルマークのような顔が浮かんできて、わたしに向かってたくさんの発光体が笑った。それらはなんとかしてわたしを興奮させようとめいっぱいの光を繰り返し放つ。その光景はわたしの心をほんのすこし切なくさせた。光たちが何に動かされてそうしているのか、じぶんの意思でそうしているのか、聞きたいけれど言葉にはならなかった。わたしはなんだかありがたい気持ちになってしまい、ただひたすら発光体に向かって唇と唇を隙間なくぴったりと重ね合わせて賞賛するような顔をした。

撮影というものに馴れてきたおかげで今日はとても楽しむことができた。フォトグラファーが親切な人でよかった。いちいちポージングや表情に指示を出されるのは厭《いや》だった。わたしはただの新人小説家であるのにこうして高価な服を着て堂々と写真にうつるのはおかしいと思った。なんだか笑える。

明らかにおかしい一方で、その行為はわたしにぴったりと馴染《なじ》んでいた。その疑問について神野《じんの》さんに話すと、

「べつにルールなんてないのよ。小説家がファッション誌に出ちゃいけないって誰が決めたの？　それに、あなたは受賞会見の時から、ちっとも小説家らしくなんかなかった。ヴィヴィアンのワンピースを着て、真っ赤なリップをひいて会見をした小説家なんて今までいなかった。あなたのような存在感を持つ小説家はどこにもいないのよ」

担当者の神野さんはいつものシンプルでゆったりとしたTシャツにジーンズというすがたで、紙コップのコーヒーを片手に右脚に体重をかけている。

「撮影の時のあなたのすがたってほんとうにしっくりくるのよね。私は文芸の編集者だからファッションのことなんてまったくわからないけど、とにかくあなたはこの場にはまってる。あなたのこういうセンスって、書く文章にも表れているのよ。あなたの撮影に立ち会うと、目の前で百万円のドレスを着こなしてフラッシュを浴びているこの子は、実は小説家なのよね、って、そんなことわかってることなのに思うのね。天は二物をあたえずって言うけど、二物も三物もあたえることだってあるの

よ。一物もあたえられない人だっているのに、皮肉よね。あなたみたいな人は滅多《めった》にいないの。とてもレアなケースってこと」
神野さんは妙にわたしを納得させる話し方をする。どうしてそんなに早く頭が回転するのだろうと思うのだが、威圧《いあつ》されているような気分にはならなかった。すこしの早口もむしろ歌みたいな呪文のようで聞いているうちに心地よくなる感覚さえおぼえてしまう。声のトーンのせいかも知れない。女性にしては低めの、倍音が強めなせいかも知れない。

デビュー作が大きな文学賞を獲《と》ってすぐに、ハイファッション誌から撮影の依頼が来た。自分が普段から読んでいた雑誌に出るということは想像もしないことだったのでわたしはたいへん驚いた。依頼はハイクラスなブランドの洋服を着てモデルカットを撮り、インタビューページとともに構成されるという内容だった。いきなり小説とは別のところから声がかかったことに驚いた。わたし自身はもともとファッションが好きで、小説を書きながら洋服のセレクトショップでバイトをしていた。そういったことを神野さんと相談し、ファッション誌に出るのはわたしの小説家としてのブランディング上プラスに作用するだろうという結論に達した。モード誌は文学にも精通している。文学好きが多く潜在する世界で、わたし自身も遠い存在には感じていなかった。小説家らしくない風貌《ふうぼう》で注目を集めたわたしが、ファッション誌からのオファーを受けるのは自然な運びだった。

わたしはとても個性的な顔をしていた。

見る人によっては魅力的で美しいと捉《とら》えられ、見る人によっては醜《みにく》い、不細工だと悪態をつかれるような顔だった。新人賞の受賞会見をした時にも、そのことについてネット上では話題にされ、わたしはひどく傷ついた。変わった顔だと言われるのはまだいい方だった。目は垂《た》れ目の普通の二重瞼《まぶた》で、鼻は高くも低くもなく小さめ、唇はどちらかというと薄い方で口全体は小さかった。パーツごとに見るとどこをとっても普通、または普通以上の形をしていた。ただ、配置が個性的だった。小さな面積に対するそれらの独特な配置のせいで、わたしの顔は個性的に出来上がった。とは言え当の本人はこの顔をとても気に入っていた。自分の顔をとても美しいと思った。街を歩いても、テレビを観ても、雑誌を読んでも、自分の顔に似ているなと思うような人には出会ったことがなかった。生まれてこのかた一度も染めたことがない黒くて長い髪も気に入っていた。

どういうわけか個性的なわたしの顔はハイファッション誌にとても気に入られた。わたしは昔から太れない体質で痩《や》せていて、身長も高い方だったから、ファッション的に洋服が似合った。実際に雑誌の反響が自分が想定していた以上にあったため、ファッション誌に呼ばれた際は前向きに検討することを決めた。

わたしの中で小説は、誰かに読まれて初めて完結するものだった。わたしの内から排出して、小説が出来上がったらもうそれで終わりということではなかった。誰かが読まなくては意味がないと思うのだった。自分自身の骨を削るようにして内から湧き出る感情を絞り出して、さらに削って削《そ》ぎ落として書くようなものだから、書いたまま放置されてしまうのでは割に合わない。ただ、読んでもらいたかった。それがわたしに与えられた無上《むじょう》の報酬であった。

「ではお願いします」と言われて席に着くなり、わたしはすっかり気分が沈んでしまっていた。強制的に話す場を持たされるのは苦手で、うまく気持ちを盛り上げることができないでいた。

インタビュアーのライターが機械的に、かつ丁寧な口調で質問する。恐らく彼女はわたしよりもはるかに年上であった。三十二、三歳といったところか。流石《さすが》モード誌の記事を書いているだけあって知的でさっぱりとした育ちの良さそうな女性だった。何はともあれ小説に関するインタビューを受けるのは嫌いだった。わたしが書いたものに対して勝手に、というと図々しいが、自由に論じてくれればいいと思っていた。前に、とりあえず中身に目を通してきた程度のライターがわたしの小説のある部分を指して「この部分はこの小説の中で最も重要視すべき箇所なのではないですか。すごく個人的な経験に基づいて書かれてるのではないでしょうか」とまったくとんちんかんな解釈をして、わたしの意図とは反するもので、「何言ってんだこいつ。ちゃんと読んでこいよ」と思いながらもわたしは適当に相槌《あいづち》を打ちながら、異常なほどの不愉快さを感じた。それからというもの、ライターと対峙《たいじ》して、その人のわたしの小説に関する評論を聞かなくてはいけない、そしてわたし自身もそれに対して肯定や否定をして、説明しなければならない状況が堪《た》え難《がた》かった。

もちろん中には、ものすごく人当たりのいいライターもいたし、そんなに褒めてもらっていいのだろうかというくらいの賛辞の言葉で小説を褒め称え、こちらはついついとてもいい気になってしまうようなインタビューもあったけれど、実際に文章になってわたしのもとへ送られてきたものを見ると、その文章はわたしの主観ではとてもありきたりでつまらないものだったり、読者がこの文章を読んだところでわたしの小説を読みたくはならないだろうなと思うものだった。一番厭なのはかぎかっこだった。わたしが言った言葉はかぎかっこの中に集約されるわけだが、わたしが言ったはずだった言葉は違うかたちで表現されていた。話し方まで変えられてしまっていることもあった。確かに文字数は限られている。限られているのはわかっているのだけど、わたしが発したことになっていた言葉のなにもかもが不十分だった。

神野さんにそういった理由で、「できれば取材は受けたくなくて、たとえば評論みたいな形で載せてもらえないか」と尋ねると、「流石に無理かな」と一蹴《いっしゅう》されてしまった。わたしとしては抗議ではなく懇願《こんがん》だったのでひどく落胆した。

なんとか繰り返すうちにこういったインタビューにも馴れてきたけれど、撮影は楽しめるのに、何度準備されたテーブルについても気分が高まることはなく、「早く終わってくれないかな」「この質問で最後だろうか」と、最中にも終わることばかりを考えるのだった。そのくせ毎回インタビューが終わると、「今日はちょっと話し過ぎてしまった」「感情的になり過ぎたかな」と、多少の後悔に似たような感情になってしまい、それもまた厭だった。

仕事で出会う人にわたしは、たいへん気難しく突飛《とっぴ》な人間だと思われているようだった。そう言われればそうかもしれないし、そうじゃないと言えばそうじゃなかった。ほとんどの人たちが自分に対して丁寧な言語を用いて接するようになって、いつ機嫌を損ねるかわからない、とでも思われているようにたいへんに気を遣われる。大きな賞を受賞し、デビュー作が空前の売れ方をしたことで出版社からも大切に取り扱われた。わたしがまだ若いことから、出版社の大人たちはわたしをコントロールしやすく思っているようだった。

受け取った賞金百万円の使い道に困った。一円残らず使い切ってしまうのはちょっと違う気がした。とりあえず一人暮らしの資金に一部を使い、あとは銀行口座に保存した。受賞作が本になると、わたしの本は税別で千二百円だった。どういう内訳で千二百円なのかわからなかった。わたしの本が売れることで、この千二百円はどのように利益を生んで、その利益はまたどのように枝分かれていくのかは知らなかった。たくさん利益を生むことで誰が笑っているのかも知らなかったし知りたくなかった。本の価格の何パーセントかを著者として貰うということだったが、自分が小説に費やした時間や情熱の対価としてこれが妥当《だとう》なのかはわからなかった。

いつも書くことを考えて、いつまでも書いていたいと思った。その情熱が絶えた時、わたしは一体どうなってしまうんだろうと漠然と考える。起きて、書いて、なにかを食べて、書いて、たまに出掛けたりして、書いて、そうやって自分の日々を頭で何度も反芻《はんすう》すると、それはとてもつまらない人生のようにみえたけれど、わたしはつまらなくなかったし、かといって楽しいかと言われれば、楽しいという感覚とはまた違うところにある高揚感のような気がした。

わたしは、ノートパソコンの中の白い紙が文字でいっぱいになるのを見るのが好きだった。もちろん自分が指を動かさない限り、文字は増えていかないわけだから、わたしはそれを見たくて見たくてひたすら指を動かす。そうやって増えていった文字や、増えていったページ数を確認する度に両手を天に勢い良く突き上げたいくらいの感情が高まっていくのだった。

　デビュー作を初めて本にするときに神野さんが「装丁のイメージ、あるんでしょう？」と訊《き》いてくれたことで、わたしの頭の中に静かに浮かび上がっていた装丁のイメージをデザイナーに伝えてもらうことができた。神野さんが、わたしのイメージを反映させたら、きっと面白い発想が出てくるということを見抜いて、デザイナーとうまくやりとりをしてくれたのだ。出来上がった本は、赤と黒とグレーの幾何学《きかがく》模様の表紙だった。


「デビュー作は高校生の頃に書いていたファンタジーをもとに書きました。作品では特に大きく伝えたいメッセージはないんです。ポイントによって登場人物が各々の哲学を述べていますが、そこが一番書いていてもそうですし、客観的に読んでみても面白いと感じるところです。書き始めて、自分の手が止まったところでわたしの物語は終わります。いつもどこかで、ひとりの女の子が破滅していく姿を書きたいと思っています」

「現実世界とファンタジーの融合《ゆうごう》が特徴だということですが、ファンタジーでありながら、タイトルが『骨を食べる』。このセンスには脱帽しました」

相手はメモを取りながらレコーダーにわたしの声を録《と》る。雑誌の編集部の人たちも注意深く聞いている。わたしは用意された紅茶を飲んだ。紙コップに入れられた紅茶は薄くてぬるかった。

2

「取材、受けてくれてありがとうね。疲れたでしょう」

「ほんと、疲れました」

「どう？　二作目の反応は」

「ライターさんたちはすごくよかったと言っていました。デビュー作があれほどのことになって、二作目は読み手もわたしの腕を試すような目線で読む状況だと思うんですけど、ちゃんと三作目を期待してもらえるような内容になったと感じてます」

神野さんが選んでくれた広尾の高級なフレンチレストランで、わたしたちは早速次回作の打ち合せをしていた。繊細で濃厚な料理を楽しみ、二人で白ワインを一本空けた。高級な食事にも馴れつつあった。

わたしの書いた次回作の簡単なプロットをもとに、神野さんと内容についてアイデアを出し合った。

わたしも神野さんもはっきりと口にはしなかったが、かつて二作目を執筆するにあたっては相当なプレッシャーがあった。デビュー作が話題になった分だけ、中途半端なものを出すわけにはいかなかった。わたしは自分を取り巻く環境の突然の変化に戸惑いながらも、自分の内側からふつふつとわき上がってくる、書きたい、という衝動から目を逸《そ》らすことはできなかった。二作目で読者を納得させる作品を書かなければ、編集者の期待に応えなくては、という思いは、わたし自身を立ち止まらせるどころかさらに加速させた。今頑張らなくて、いつ頑張るのだろうか、書きながらそう思っていた。そんなときに、わたしでも知っている著名な作家を多く抱え、いくつもヒット作を手がけているキャリア七年の神野さんの存在は、わたしを深く安心させ、自然に二作目に取りかかる流れにのせてくれた。この三作目においても、それは同じようにスムーズだった。

一通りの確認を終えてわたしたちはデザートの苺のムースを食べていた。一口だけ手を付けた。紅茶は熱くて胃の中を落ち着かせた。

「では、これで書き始めます」

「よろしくお願いします」神野さんはちょこっと頭を下げた。

「でもこのプロットでほんとうにいいのか、まだはっきりしていません。前作は書く前から自分で、面白そうだと思いました。でも今回はまだこれだ、っていう実感がないんです」

「あなたの感性は、いつだって圧倒的に新しいのよ。まず人間をこんな風には描けない。あなたが書く小説は誰も見たことのない世界なの」

「過大評価し過ぎです」

「そんなことない。書き出したらまたきっと止まらなくなるわ。書き出せば、見えなかったものがどんどん見えてくるはず」

「とにかく、やってみます」

デザートは片付けられ、お皿がなくなったテーブルで紅茶を飲みながら、神野さんの話をなんとなく聞いていた。もう頭は新作の中にいた。

「ところで」

「はい」

「新人賞を受賞してからこの三作品目まではうちから出すことは決まっているけど、それ以降の作品はどう考えているの？　実際のところ、他社からも依頼がたくさん来てるじゃない？　もちろん、私はあなたの四作目も欲しいと思ってる」

わたしへの仕事の依頼はすべて神野さんの元に来ていて、神野さんはそれを執筆や取材など依頼の種類によって整理しわたしに伝えてくれていた。執筆の依頼に関しては、あまりに数も多く、とても把握しきれなかったのですべて保留にしてもらっていた。

「ありがとうございます」

他に言葉が見つからなかった。

神野さんの在籍する文芸誌にわたしが初めて書いた小説を送ったのは二十歳のときだった。下読みの段階で、わたしの原稿が神野さんの目にとまったのがすべてのきっかけだった。その小説『骨を食べる』はその雑誌の新人賞を獲り、やがて大きな文学賞の候補にノミネートされた。その文学賞はテレビでも会見の様子が報道されるほどメジャーな賞で、神野さんもわたしも、まさかと思いながらも、受賞したのだった。

「神野さんのことは小説を書く上で誰よりも信頼しています。おそらくこれからもずっと。神野さんがわたしを見つけてくれたから、今があるし。神野さんから初めて貰った手紙を読んで、会う前から絶対に信じられると思いました。だからわたしは心を開いてお付き合いができました。神野さんも知っている通り、わたしはたいていの人、とくに男の人がとても苦手なのです」

「私もあなたのことがすごく大切よ」

「だけど」

「だけど」

神野さんはわたしの目をくっと見返した。

「わたしは『骨を食べる』が予想外に売れたことで、今も戸惑っています。どうしてこれほどに売れたのか、ずっと疑問に思いながら、訳もわからず熱に浮かされたままこの場所で書き続けるのは怖いことのような気がします。もちろん神野さんはわたしのことを考えてくれてるけれど、わたしは神野さんの存在に甘えない場所で小説を書いてみたいんです」

わたしの言葉を噛み締めるように、静かに考えている様子の神野さんを見ながら、わたしはかつて彼女がくれた言葉を思い出していた。『骨を食べる』が大きな賞の受賞作として単行本になる段階で、最終的な原稿のやりとりをしていた時だった。

「あなたの受賞は、長い文学の歴史から見れば……ちょっと強い言葉を使うけれど、〝事故〟のようなものなのだって、あなたにもわかるでしょう」

そう口にする神野さんが、精一杯わたしを傷つけまいと努めているのがわかった。

「でも、整理の行き届いた単調な流れを延々見せられるのは、退屈だった。刺激が求められていたんだと思う。刺激こそが、時代をつくるんだと思うの。そしてあなたの小説は、刺激そのものだった」

そして神野さんはこう分析を続けた。

「それは、あなたの才能と呼ばれるものの正体が、〝かつて文学に持ち込まれたことのなかった感性〟だからよ。だからこのデビュー作では、センスとリズム、これだけにすべてをかけるの。それだけが自分の命、そう念じて、ひりひりとむき出した感性そのものだけを紙の上に残すの。技術的なことは一切投げ捨てる、いまの姿勢を貫くべきだと思うわ」

神野さんが口を閉ざしたままだったので、わたしは続きを話した。

「それに、わたしは時々この大きな出版社に動かされていると思えて仕方がないときがあるんです。小説は確かにすべてわたしのアイデアです。書くのもわたしです。メディアに出るのもわたしです。

そこに自分の意思はあるのに、この気持ちさえもしかしたら誰かに操られてるんじゃないかって思ってしまうときがあるんです。わたしの人生は変わりました。でもこれはわたし自身が望んでいたことです。もしかしたら、売れたからこんなことを思うのかも知れません。単なるくだらないおごりかも知れません」

「何つまらないことを言ってるの」

「つまらないことでしょうか」

「あなたが動かしてるのよ。私たちを。作品がよくなかったらここまで人は動かないわ。『骨を食べる』だけじゃない、二作目も一作目で描けなかったことを書いて小説家としての幅を見せた。それは一作目の評価を跳ね返すほどのものだったでしょう？　べつに自分で細々と小説を書いてこっそりと出版するのもいいわよ。でもそれでは単なる自己満足でしょ。出したか出してないかもわからないんじゃ、『小説は読まれて完結する』というあなたの考えに反するんじゃない？　うちみたいな出版社で書くことはあなたの望みに合うことなんじゃないのかしら」

「その通りなんですけど。ただ」

「あなたが言っていることも勿論よくわかる。でもあなたのようにこだわりの強い人が、誰とでもうまくやれるとは思えない。私はいつも、あなたの心の奥に目を凝《こ》らしてきたつもりよ」

「はい」

「あなたがこの先どの出版社と仕事をするかはあなたが決めることよ。でも正直なところ、うちとしてはあなたの才能をこのまま独占したいのよ。あなたみたいな書き手はきっとこの先現れない。つまり、あなたを囲いたいの」

囲う、という言葉の強さにわたしはひるんだ。

「わたし、縛られたくないんです」

神野さんは思いのほか柔らかい視線をわたしに向けていた。

「こうでなきゃいけない、っていうルールみたいなものと共存することはわたしにとって苦痛です。これをしてください、と指示されるのにも抵抗があります。自由に発想して自由に書けるためには、わたし自身もいつだって自由でいなくてはいけないんです」

神野さんは「そう、」と言って紅茶に口をつけた。

それでも目の前にいる神野さんは、わたしの愛すべき担当者だった。少々強過ぎる言い方をしてしまったことをわたしは後悔した。ひとつの作品を共にするということはそれだけわたしたちの心も近づくことになった。あなたはほんとうに素晴らしいと、毎日言ってくれた。褒められて嬉しかった。二作目をやっとの思いで書き終えたとき、神野さんに送ると翌朝読み終えた彼女からメールが届いた。

「読み終えて、何度も戻って、この小説がとても好きで好きで、愛《いと》しく感じて、なかなか感想が書けませんでした。言葉が立っている。生命力にあふれていて、宇宙との繫《つな》がりを感じる。うまいのに、逃げてない。感性が暴発している。内臓ごとひっくり返されるみたい。あなたの小説は、なんて破壊的で美しい」

一生忘れられない言葉が並んでいた。わたしは読みながら、涙が止まらなくて、声をあげておいおい泣いた。部屋の天井を見上げて「ああ、ああ」と声にならない声をあげて泣いていた。ずっと、こういう言葉を誰かに言われたかった。心がぎゅうっと締め付けられて、嬉しくて、ほっとして、震えた。わたしがずっと欲しかった言葉ばかりが並んでいた。これだけで、わたしは、救われた。わたしはこの人のことを絶対に大切にしなくてはいけない、絶対にこの人の期待に応えると、心に誓った。

わたしはこんな素晴らしい言葉をくれる担当者を持って、ほんとうにしあわせだった。そのメールを何度も読んで、大切に保存した。

神野さんとわたしの間には愛があった。仕事をする上で、愛情はときに余分な感情になる場合もあって、いつか自分自身の行く道の邪魔をすることがあるかも知れない。けれど、その愛情と付き合いながら仕事をしていくこともわたしらしいのではないかと思った。神野さんとはこの先も一緒に仕事をするし、神野さんの中でいつまでもわたしが一番でありたいと思っている。

「四作目は、一度他の編集者と仕事をしてみたいです。神野さんの存在に甘えないような別の場所で。興味があることは一度やってみたいんです」

「残念だけど、新しいことをやりたいと言うあなたを、私が止めることはできないわ。あなたはこれからもいい作品を書き続けるのよ。あなたはあなたでいる限り、何処《どこ》へ行ってもいい作品を書き続けられる。それは優れた書き手の中でもごく限られた人だけがやれることだってことを、忘れないで」

駅へ向かって外苑西通りを歩きながら、わたしの横を何台もの車が通り過ぎた。歩道は薄暗くて、年季の入った青白く錆《さ》びたように光る蛍光の街灯だけが二つ三つアスファルトを照らし、物寂しさを演出していた。あまりにも人通りはすくなかった。真夜中になる前のまだ早い時間の夜と呼ぶ時間に、家に帰るために歩くのはとても寂しい気持ちになった。じんわり汗をかいていた。汗をかいた背中にシャツが貼り付いて少し気持ちがわるかった。夏がすぐそこまで近づいていた。

3

「忙しかった？」

一ヶ月振りに会うマナは細長いグラスの中のアイスティーを黒いストローでかき混ぜながら言った。

「ううん、そんなことないよ。まあまあだよ」自分でそう言っておきながらまあまあって大体どれくらいのことを言うのだろうと思った。わたしはコカ・コーラを飲みながら、「最近は取材なんかも落ち着いて、これから新作に取り掛かるところ」と言った。

「楽しみだな」目を細めて、笑顔をこちらに向けた。

「どれくらい経《た》ったっけ。彼と一緒に住んで」

「もうちょっとで半年。きのうも喧嘩しちゃった」

「きのうもってそんなにしょっちゅう喧嘩してるの？」

「まあね。最近帰ってくるの遅いんだ。きのうも二時だよ、二時。飲んで帰ってくるの、しょっちゅう」

「しょっちゅう」

「でね、帰ってきたらもう大変。あたし玄関のドアの縁に内側からガムテープをびっしり貼ったの」

「ガムテープを」

「ひいた？」

「ひいてないよ」

「だから、帰ってきて玄関をあけた時に、簡単にあかないの。ドアをひいても、いつもみたいに簡単にあかなくてびっくりするの」

「それはかなりびっくりするよね」

「そのがたがたいってるドアをあたしは部屋の中からしばらく黙って見てた。深夜二時に。彼も何も言わずに黙ってドアを引っ張ってるわけ。それでガムテープがばりばり剝《は》がれながらドアがあくの。で、あたしと目が合うの」

「マナがそんなことするなんて意外だよ」

「ひいた?」

「ひいてないってば」

「ここまではまだ序の口だよ。そこから暫《しばら》くお互い黙って、冷蔵庫がきーんっていってる音がすごいよく聞こえるくらいの静けさで。彼もなんにも言わないわけ。で、ただいまって言ったの」

わたしは目をまん丸に大きくしてマナを見た。

「あたしね、そのただいまって言葉にほんとうに腹がたったんだよ。どうして平気であたしにただいまって言えるの、ほかに適した言葉はないのかと思って。悲しいっていうのも絶対にあるんだけど、まずは、ものすごい怒りがどばっと込み上げてきて、もうそこからはコントロール出来なくなって、その辺にあったものを片っ端から投げてやったの。リモコンとか、ペットボトルとか、まあそういうものをね。なにか言いながら投げてたのかな。しばらくそうしてたと思う。それから、無性に虚《むな》しいのと、悲しいのとで馬鹿みたいに涙が止まらなくなるの」

黙ってわたしは何度も頷《うなず》く。

「彼に対することはね、自分で自分をコントロール出来なくなっちゃうの。あたし、おかしいと思うんだ。ほんとうにヒステリーおこしちゃうんだよ。ほんとうにどうしようもないの」

マナの目には涙が溜まっていた。

「え、やめてよ」

「ね、すぐ泣きたくなっちゃうし」

軽く指で涙を拭うと、ごはん来るの遅いね、と言った。

「彼はなにも言わないの？」

「あたしが泣いて、その泣き方もなんていうかものすごいんだけどね。過呼吸になるくらい泣くの。そしたらめんどうくさそうに肩のあたりを撫《な》でてた。俺が悪かったって言ってた。ひととおりそうするとやっと落ち着くの」

「そんなマナのすがた、想像できな過ぎてまだよくわからないよ」

「そのときのあたしのすがたを見たら、ほんとうにびっくりしちゃうと思うよ。それくらい、ものすごいすがたなんだよ。ああいった衝動は突発的に起こるの。彼の気持ちが、わからなくて。わからないから悲しいし、わからないから怒るの。だって、あたしはいつだって彼と一緒にいたい。可能な限りの時間は一緒に過ごしたいの。だから飲みにいく理由もわからないし、出掛けるならあたしも一緒に行きたい」

「うん」

「めんどうくさいよね」

「うーん、相性だとは思うけど、わたしだったらめんどうくさい、かな」

ようやく頼んだマルゲリータとパスタがきた。滅茶苦茶愛想のいい店員が、威勢のいい声とともに重そうな皿をテーブルに置いた。

「ひとりでいる時間はあるの?」

「ひとりの時間に何するの?」

「待ってるのって、長く感じるじゃない。たとえば、仕事をもっと忙しくするとか。仕事以外になんか趣味を持つとか」

「それもなかなかね」

「たまにはマナも飲みにいけば?　うちとかにも遊びにきてよ」

「うん」

マナは化粧をしていなかった。一緒にバイトしていた頃は、洋服だらけの店の中でひと際目立つほどお洒落《しやれ》だった。いつもちゃんとした化粧をして、髪はしっかりとブローされていたのに、窓から差した光がすこし髪にあたると、枝毛がたくさんあるのが見えた。服装はネイビーのなんでもない普通のパーカにレギンスを穿《は》いていた。マナはお洒落とか、そういう自分自身のことから確実に遠ざかっていた。

　わたしたちはピッツァとパスタをシェアして食べた。話題の店なだけあって、生地もパスタももちもちとした食感がくせになりそうだった。ソースの味付けも濃く若者向けだった。

「なんか最近化粧するのがめんどうくさいんだ。やる気が出なくて、なんにもしたくないの」

「せめて、化粧くらいはしたほうがいいんじゃない？　なんとなく気分が盛り上がるじゃない」

「そうなんだけどね」

　機嫌を損ねないように友達に気を遣いながら話している自分に、だんだんくたびれてきてしまうのがわかった。


「でも何だかんだ色々あるけどね、誰かと一緒に住むってすごくいいよ」

「うん」

「毎日好きな人と居られるってすごくいいよ」

「うん」

「わたし、すごく幸せだよ。うん、すごく幸せ」

マナはなんども頷きながら言った。

わたしはそれを見て気の毒に思った。気の毒に思うことを申し訳なく思ったけど、どうしても気の毒という言葉が似合うすがただった。友達に可哀想と思うのはほんとうに失礼な気がした。

「だからさ、あんたも早く好きな人くらい見つけなよ」


執筆をしに帰りたかったので、そこでマナとはわかれた。マナは予定がないらしく、ここで解散することにとても残念そうな顔をしていた。すぐ近くでバスが出ていたので、それに乗った。マナはせっかく表参道まで出てきたから買い物でもして帰るよと言った。

バスで帰るのは好きだった。電車に比べて時間がかかることもあるけれど、ゆっくりと時間をかけて街を眺めながら帰るのは時間を贅沢に使っているような気持ちになった。わたしはそこで小説のことを思った。思えば思うほどわたしは満たされていく。新作をちょうど書き始めたところだった。わたしの頭のなかは新しい自分の小説のことで満杯に満たされた。登場人物をあともう二人くらい増やそうかなとか、回想シーンはもっと肉付けしようとか、そういうことばかりを思った。イメージが膨らんでしかたなかった。

ひとりでいるのは気楽でいいなと思った。
わたしはこういう日々が好きだった。
自分のために時間を使って、自分のために日々があって、そういうのが今のわたしにはフィットするんだと思った。

でも誰かの存在感がある家に帰るのもそれはそれで悪くないなとも思った。誰もいない部屋に帰るのは——とくに夜に限っては——さみしかった。今がまだ、夕方になる前の午後三時だということにわたしはとても安堵《あんど》した。

4

満月の真夜中にわたしは原宿のカフェバーで執筆をしていた。平日であるにもかかわらず、店は明日の仕事のことなど気にする素振りも見せないような自由気ままな人々で賑《にぎ》わっていた。ヴィンテージのアメリカン家具をところどころに置いたスタイリッシュな洒落た空間は人々の話し声や笑い声で溢《あふ》れ、今夜は一段とアルコールがたくさん出ているようだった。わたしは煙草の煙が一番漂わなさそうなテーブル席でモヒートを少しずつ飲みながらパソコンと向き合っていた。その日は家を出たあたりから小さな妖精が私のあとをついてきた。満月のせいだろうとわたしは思っていた。友達が「満月の日は精神と性をかき乱されるのよ」と言っていたことを思い出した。妖精は右肩のうしろあたりにぴたりとくっつくような形で離れなかった。ついでに満月までわたしのあとをついてくるものだから今夜はどうしたことかと思った。店に入って、もう二時間は経ったであろう。妖精は離れなかった。

わたしはわくわくしていた。今日特別に何かが起こった訳ではない。ただ、小さな妖精がぺちゃくちゃわたしに話しかけていた。このような経験は初めてだったけれど特別奇妙だとも不思議だとも思わなかった。でも、これほどにわたしの心の在りかを感じるのは間違いなくその小さな妖精の仕業《しわざ》だった。

喧噪の中、一章分書き終えたところでわたしはひととおり書いた文章を読み直した。とても美しい言葉が並べられ、それらが自分自身から生まれてきたものだということが毎度のこと、不思議であった。ひとたび排出された言葉はわたしの精神から離れ、もう既に誰かのものになろうとしていた。言葉というものはこんなにも儚《はかな》くて美しい。

一組のカップルを見た。男は四十代手前、女は二十代後半あたりだろうか。男の方はスーツをジャストフィットのサイズで身に纏《まと》い、女は黒いワンピースを着ていた。細長いシャンパングラスをテーブルに二脚並べて、二人は向き合い、見つめ合っていた。男も女も特別に美しい姿かたちはしていなかったが、歳《とし》の離れた都会のカップルはしっかりと馴染み、あまりにも真っ直ぐに互いの目を見つめ、この瞬間を嚙み締めているように見えたので、わたしは暫く見入ってしまった。そう思ったところで、右肩うしろの小さな妖精がくすりと笑った。かすかに聞こえるくらいの、ピアノの鍵盤にないくらいの高い音だったが、わたしには間違いなく聞こえた。手を挙げて店員を呼ぶと、笑顔が可愛らしいぽっちゃりとした女性が来た。ガスウォーターをオーダーすると、「新作楽しみにしてます」と言われた。不意にこういったことを言われても、もう驚くことも少なくなった。渋谷を歩いていて初めて声を掛けられたときには、急に知らない声でわたしの名前を呼ばれてほんとうに驚いてしまった。しかも声は疑問系で、本人なのかの確認も含めた呼びかけだったため、わたしは「はい。そうです」と言ったのだけど、自分自身で「はい。わたしが本人です」と言っているような返答になんだか妙に心地の悪さを感じてしまった。そのあと「握手してください」と言われて、わたしは右手を差し出したのだけど、一体どれくらいの力を込めればいいのかわからず戸惑った。それでも嬉しかったのはたしかで、「ありがとうございました」と最後に言われて、わたしも「ありがとう」と言った。心臓が強く波打って、どきどきしているのがわかった。でもそれから三十メートルほど歩いて、あの人は実際にわたしの小説を読んだのだろうかという疑問が頭をよぎった。

何度か同じようなことを経験していくうちに、わたしが知らない人たちが、わたしを知っていることにも馴れていった。馴れてからは、あれこれ深く考えることもなくなった。瞬間の出来事として、わたしの中を通り過ぎていくだけだった。小説を楽しみにしてると言われるのは嬉しい。その言葉はわたしのモチベーションになり、その度に、書くことに対する意義を再認識するのだった。わたしが小説を書くことを知らない誰かが望んでいるという状況は、デビュー作を書いたときには味わえなかったことだった。この感覚は今までに感じてきたどの感覚とも似ていなくて、なのに遠い昔わたしが生まれる前に母のお腹の中で感じたことがあったかのような懐かしさと、心を揺さぶられる強さのようだった。知らない誰かが待っているのはそれはそれは嬉しいものだった。

新たな客がひとり店に入ってくるのが見えた。あいにくわたしのテーブルは入り口から一番離れた角にあったのと、目がとても悪かったのでその客が細身の背の高い男であることしかわからなかった。わたしはその男を見ていた。顔のディテールまではわからなかったけれど、なんとなく顔のほうを見ていた。男はこちらをちらりと見た。おそらくわたしを見たと思う。男はわたしに少し微笑んだようで案内された遠くの方のテーブルについた。それをこっそり見届けるとわたしはまたパソコンを開いた。

神野さんの言う通り、新作は書き始めたらあっさり軌道に乗った。毎日書きたくてたまらなくて、このままいけば予定よりも随分早く出版できるところまできていた。

ある程度のところまでいったら神野さんに読んでもらう。わたしの不完全な小説をこの世界の誰よりも最初に読むのは神野さんだ。わたしは神野さんにがっかりされたくなかった。やっぱりあなたはとんでもない筆力の持ち主だと思われたかった。とにかく最後まで書いてみて、神野さんにメールで送る。第一稿だとしてもある程度の完成度は必要だった。

『骨を食べる』の単行本化の第一稿の時は、いきなり冒頭で、「一切の隙もない素晴らしい幕開け。圧巻です」と青いインクで神野さんの達筆な字が書いてあった。作品については何度も色んな人に褒められていたのに、あの時わたしはほんとうに嬉しくて、お腹のあたりがぶるぶる震えるほど感激した。神野さんの言葉には一欠片《ひとかけら》の嘘も、脚色もなかった。そして神野さんに心から感謝した。書いて、それを読んでもらって、感動してもらえる。この喜びを与えてくれた人は神野さんなんだと思うと、抱きしめたくなるほどの愛情を感じた。

店は騒々しく慌ただしかった。騒がしさがちょうどいいBGMとなって、言葉があとからあとから溢れ出していた。わたしは吸い込まれるように神経を液晶画面へ向けていた。わたしは心のどこかに、一作目や二作目ほどの作品にはならないのではないかという不安が少なからずあり、それでも絶対にいい小説を書けるに決まっているという強い自信もあった。勿論後者が勝つこととなり、そんなことは当たり前のことだとも思いながら、もはや今となっては何の不安もなく、動く指を止めることができなかった。

そこからまた一時間ほど経ったところでパソコンを閉じると、目の前に若い男が座っていた。男はとても自然にわたしと向かい合っていた。そしてわたしに微笑みかけていた。漆黒の髪をジグザグにカットし、顎《あご》は細く、目は自然な二重の整った顔立ちをしていた。耳にピアスはなかった。見たことがある、と思った。突然の出来事にもかかわらずわたしは驚かなかったし、怖くもなかった。しばらくの間、わたしたちは向かい合った状態で、見つめ合っていた。となりのテーブルからはオーダーのやりとりをする声が聞こえ、別の方向からは笑い声が響いた。わたしのグラスの中の氷がからんと鳴っ

た。

さっき店に入ってきた男だった。

小さな妖精はいつの間にかどこかへ消えてなくなってしまった。

「ここ座ってもいいかな」

高くも低くもない、すっきりとして丸みを帯びた柔らかい声をしていた。声というよりは吐息が漏れたような感じで、その吐息が振動して声のようになって、わたしの耳には響いて聞こえ、声自体がディレイしているようだった。

「わたしにはもう既にあなたが座っているように見えるけど」

男は一瞬黒目を大きくしてから困ったような顔をして、わたしを見つめた。わたしは笑った。

「もちろん。どうぞ」

男は安心した表情になり、わたしのパソコンを見て、

「お仕事のお邪魔でしたか?」

と訊いた。テーブルにすこし身を乗り出して、大きな黒い瞳をふたつ、こちらに向けてきた。

「ううん、もう充分やったところだったからそろそろ帰ろうかと思っていたところなの。あなたもひとり？」

「うん。僕もこの店はひとりでたまに来るんだ。すこし考え事をしたい夜とかに」

自分のことを僕と言う男性は好きだった。

「わたしもここへはいつもひとりで来るの」

わたしの声を聞くと、その男は特に新たな質問を投げかけることもなく、適度にわたしを見つめたりはにかんだりした。遠くの方で女の人の雑な笑い声が聞こえた。

「声をかけてきたのに、あまり話さないのね」

男はきまりが悪そうな顔をしながら唇をきゅっと結んだ。そうしてまた、黒い瞳を大きくして、

「何だか君を見ていると言葉を忘れてしまうみたいだ」

「変わった人」

しばらくわたしたちは見つめ合っていた。

認識できそうな音という音がなくなっていた。まるで水の中にいるみたいに耳の中が真空状態に

なっているようで、体も水面に浮遊しているような脱力感をおぼえた。眼をしっかりと開けて、見つめることしかわたしたちには出来なかった。

そのまま夜に溶けてしまいそうだった。それはとても心地いいもので、時間がただゆっくりと過ぎていった。彼の口がかすかに開こうとしていた。それがスローモーションのようにゆっくりとした動きとして感じられた。


「なんだか君がどんな人かすこしわかってきたような気がする」

「本当に変な人。まだなにも話してないのに」

「見ているだけでわかるんだ」

「じゃあ、教えて」

男は右手を顎に当てて、じっとわたしの眼を見つめた。これほどまでに真っ直ぐ見つめられたことがあっただろうか。わたしは眼を逸らすことができなくなっていた。男の髭が一切ないつるりとした頬は間接照明の反射でそのものが光を放っていた。

「そうだな。君は、ひとりでいることを好む。たまに街で行き交う人を見ながら、その人の生活を勝手に想像する。実はインディーロックが好きでライブにも出掛ける。そうだな、好きな色は黒じゃないかな。そして僕に対して悪い印象は持っていない」

「驚いた」

「ラウラです」

右手を出した。わたしの手は青白く光っていた。真っ青みたいな真っ白だった。

「ダンガと言います」

大きくしっとりとした手だった。

それから一杯おかわりを頼み、わたしとダンガは向かい合い続けた。ダンガは何度かつまずきながら、たどたどしい言葉で、とても懸命にその場を繋いだ。わたしも頷いたり、微笑んだりしながら、ダンガの声を聞き、もうしばらくここにいてもいいと思った。わたしへ向けられる意識がわたしの中でなにかを覚醒《かくせい》させていることが、手に取るようにわかった。それはとても気持ちのいいもので体の中のどこかが小刻みに震えているようだった。

ダンガはとても可愛い顔をしていた。可愛いという表現が一番ふさわしかった。目尻が垂れているのがとても愛くるしく、額から鼻、鼻から顎にかけて先端をすこし尖らせながら綺麗なラインを描いていた。見ていると、わたしは自分が誰なのかを忘れた。思考はどこか遠くの方に置き去りにされて、脳ではない場所が自律神経に指示を出し行動に移されているような気がした。こうして見ていると、やっぱり彼のことをずっと前から知っているような気がした。前にどこかで会ったことがあるような気がしたけれど、わたしは特別にそれについて彼に問うこともなく、ただそのことについて自分の中で反芻《はんすう》するだけだった。ダンガはほんとうに不思議な存在感をまとっている人だった。実際のところ、わたしは彼の顔、姿、かたちをとても好きだと思った。

ガスウォーターを飲み、グラスからダンガの顔に視線をもどしてわたしははっきりとわかった。この人の顔が好きだ。

「書く仕事をしてるの？」

「小説を書いてるの。二十歳の時に新人賞をもらって、今一年半経ったところ」

ダンガはわたしを知らなかった。さっきからわたしたちのテーブルの横を通る若い人たちの中には、わたしの存在に気づいた人がいることがわかっていた。ファッション誌に出るせいか　特に若い女性に気づかれるようになった。誰かが見ているかも知れないという思いを少なからず持ちながら過ごすのは、とても疲れたし、窮屈に感じた。ただこの街の人々は決して声を掛けてはこない。それもまた疲れる要因のひとつだった。知らない振りをして確実に気づいていることがある。だからわたしは街では出来る限り美しく歩き、しなやかな身のこなしをして、どこかの店に入った時は丁寧な言葉を話し、服装に気をつけた。そして万が一声をかけられた時のために常にナイスに接する準備をしておかなければならない。

「小説。素敵だね。どんな小説を書くの？」

「いわゆる純文学と言われるものを書いているの。今は現実世界をファンタジーに変換して書いてる」

「君が書く物語は素晴らしいんだろうな。今君が書いている作品も早く読んでみたいな」

「書き上がったらすぐに出すと思う」

ダンガはウォッカソーダを飲んだ。右手の中指にはクロムハーツの細身のリングがしっとりとはめられていた。それはもう指の一部になっているように彼に馴染んでいた。

「それすごく似合ってる。まるであなたの一部みたい」

さっきの歳の離れた男女はもう居なくなっていた。代わりに、女性二人が煙草をふかしていた。煙草の煙がこっちに来ない程度に席が離れていることにわたしは安心した。


「次はあなたのことを話して」

「僕は大学に通ってる。高校を卒業して大学に入ったんだけど、どうしても映像がやりたくて大学を休学して二年間ロンドンにいたんだ。ロンドンではショウスタジオっていうチームに所属してファッションフィルムを撮っていた」

「ショウスタジオにいたの？　ニックナイトの？　それすごい。ファッションフィルムって今すごく熱いものね。わたしも色々な映像をよく観てる」

「ファッションにも詳しいんだね」

「ううん、そんなことないの。ただ、ファッションが好きなだけ。小説家になる前は、洋服屋でバイトしていたの」

「君を見ればファッションが好きだって一目でわかるよ。そうだね。ファッションフィルムはファッション業界で今すごく重宝されているよね。二年間でコネクションを作ることができたから一旦帰国して、大学に戻ったんだ。休学したままで中途半端になっていたのも厭だったから。映像とは全く関係のないことを学んでいるけどね。春には卒業するよ」

「どうりで普通の大学生には見えないわけね」

ダンガはくすっと笑った。

「映画監督を目指しているんだ。脚本も自分で書いてる。最近は映画制作のアシスタントをしながら自主映画を撮っているんだ」

「素敵。すごく素敵だと思う。あなたの撮る映像、観てみたい」

またダンガは静かに微笑んだ。なんてやさしい顔なのだろう。

「ところで、どうしてダンガなの？　変わった名前」

「君はどうしてラウラなの？」

「ラウラは本名なの。母が名付けたんだけど、好きな映画に出てくる主人公がローラっていう名前でそれをヨーロッパ読みにしたのがラウラみたいなの。わたしの母がフランス文学が好きで、ヨーロッパ読みにしたみたい」

「すごくいい名前だね」

わたしは首を上下に振って「とても気に入ってる」と言って笑った。

「あなたは？　どうしてダンガなの？」

「ダンガはニックネームなんだ。映画を撮り始めた頃に、周りが僕のことをダンガと呼ぶようになったんだ。誰かが理由を言っていたけど、忘れてしまった。響きが気に入って映画を撮るときにはダンガっていう名前でやろうと決めて、それからはすごく愛着を持ってる。これが僕の名前だって思うんだ」

わたしは、ダンガのほんとうの名前は訊かなかった。ダンガはわたしの中で既にダンガという人だった。ダンガが感性を捧《ささ》げているときの名前で、呼びたいと思った。

5

日曜の昼、わたしはのんびりとカレーを作っていた。マナから電話があって三十分後に来ることになり、なんとなくカレーを食べずに待っていた。そしてなんとなくパソコンを触っていると神野さんからメールが来た。「おはようございます。今日はこの映画を観に行ってきます」下にＹｏｕＴｕｂｅのＵＲＬが貼られていた。「もう観ましたか。よさそうじゃない？　最初のシーンから私は惹かれました。死にとりつかれた少年と余命わずかな少年の恋の物語。私たち、こんな映画を待ってた気がしない？」内容はそれだけだった。神野さんは絶対にわたしに文章を催促《さいそく》したりはしなかった。進捗《しんちょく》状況さえも尋ねてくることはなかった。わたしの文章をただいつまでも待っていてくれた。それはわたしにとってとても有り難いことで、こういうメールはわたしの楽しみのひとつであり、何気ない投げかけの中にちゃんとわたしの感性も刺激してくれるような映画や小説を教えてくれるのだった。わたしのことを気にかけてくれている、大切にされていると感じると、安心して執筆を続けられた。心ゆくまで書ききってくださいといつかのメールで言ってくれた。添付されていたURLを開くと、静かなピアノのサントラが流れ、美しいふたりの白人の男の子が森の中で抱き合っていた。たった数十秒の映像のあいだわたしはその森の中にいた。映像が終わってしまって画面が黒くなり他の映像が出てきてしまうとすこし寂しい気持ちになった。

マナはまた部屋着みたいな格好で、素足にサンダルを履いていた。化粧はしていなかった。お腹空いてる？　と訊くと、ううん、空いてない、と言ったので、すこし残念な気持ちになってしまって、ちょっと食べてもいいかな、と尋ねてから少々カレーを食べた。お茶を飲みながらマナは早々と口を開いた。

「つい、おとといね、彼が帰ってこなかったの」

「え？」

「会社の人と飲みにいくって言ったきり帰ってこなかったの。いつもみたいに何度か電話して出なくて、夜中の三時、四時になってもずっと出ないの。あたし馬鹿みたいに何回も電話した。彼、全然出なくて。最初は携帯落としちゃったのかなって思ったのね。何かに巻き込まれたのかとか、どこかで倒れちゃったのかなとか、もしかしたらどこかの病院とかに居るんじゃないかとか、ほんとうに色々なことを心配したのよ」

「彼どうしちゃったの？」

「うん。あたし仕事も休んだの。ずっと帰ってくるの待ってた」

マナをじっと見つめる。

「そしたら、昼頃に帰ってきたの。酔っぱらってもいないし、わりとしゃんとしたいつもの感じでさ。で、彼何て言ったと思う？」

「何？」

「酔っぱらって、公園のベンチで寝てたって言うの」

「え？　何それ？　朝まで公園で寝てたっていうの？」

「おかしいよね」

「そうだね、おかしいね」

「彼って、そんなだらしないタイプじゃないのよ。家に帰ってこられないくらい酔っぱらって公園で寝ちゃうなんていうのは、彼の行動としてありえない」

「そうだろうね」

「信じられると思う？」

「正直、わたしは変だと思う。マナはどう思うの？」

「やっぱり嘘かな」

「わからない」

「あたし女と居たのかなって思うんだ。なんかそんな感じがするのよ。今朝ね、彼が仕事に行く前に訊いたの、もしかして浮気してる？　って。そしたら何言ってんの、してないよって笑って出掛けていった。怖いけどほんとうのことを知りたいよ。でももしほんとうにそういう女絡みのことがあったら、あたしはもうどうなるかわからない」

「うん」

「彼が言うことに納得したい。でもずっと、心の奥で、そのことについて慢性的に治らない頭痛みたいにきりきり痛むの。ほんとうは誰かと居たんじゃないかとか、嘘ついてるとか、そんなことをずっと思ってるのもとてもつらいのよ」

「たしかに、それは、すごくつらいと思う」

「つらいの」

マナは泣き出してしまい、わたしは戸惑って、一体なにが大丈夫なのかもわからないのに、大丈夫だよ大丈夫だよとか言いながらマナの背中を撫でた。しばらくそうしてマナは笑って、カレー食べてもいい、とわたしに訊いた。

「結局すべてあたしに委ねられてるの。不公平だよね。彼って、ずるいのよ。決定的なことをあたしに委ねるなんて、酷《ひど》い」

マナの彼の行動は確かに変だと思った。無言のまま、きみが一緒に居たいなら自分は居るし、居たくないなら消えるっていうような態度は、意思がなくて、やさしさに見せかけてすごくずるいと思う。でも、二人についてわたしはなにも答えられなかったし、わたしが答えを持っているとは思えなかった。

お互い想い合っているふたりが一緒に居ることを選ぶのだから、きっと恋愛って、楽しいものであるはずなのに、ほとんどいつも苦しいと感じている。それでも恋愛をやめないで、いつまでも忍耐強く、いつか解決するだろうと夢見ているのは、悲しい。なんのための恋で、なんのための愛なのか。それらが結合された定義が恋愛ということになるのか。

辞書によれば「恋」は、「好きで会いたい、いつまでもそばにいたいと思う満たされない気持ち（を持つこと）」、「愛」は、「損得ぬきで相手につくそうとする気持ち、好きでたいせつに思う気持ち」と定義されている。そして、「恋愛」は両者を合同した形で、「恋をして、相手をたいせつに思う気持ちを持つこと」だと言う。

また、「特定の人に特別の愛情をいだき、高揚した気分で、二人だけで一緒にいたい、精神的な一体感を分かち合いたい、できるなら肉体的な一体感も得たいと願いながら、常にはかなえられないで、やるせない思いに駆られたり、まれにかなえられて歓喜したりする状態に身を置くこと」らしい。

恋愛の定義とされているものに、マナの恋愛はぴったりと当てはまった。マナは恋愛なるもののど真ん中にいるのだ。

「そんな恋愛、やめちゃえばいいじゃない」

さっきわたしはたまらずに、マナにそう言った。

「苦しいのに、やめられないの」

遠くを見つめてマナが言った。

「恋愛してないよりは、あたしにとってはこのほうがましなの」

外苑前のアメリカンダイナーでわたしはダンガを待っていた。サミュエルアダムスを飲みながら、本を読んでいた。時刻は夜の七時を回っていたが空はまだ明るかった。わたしはタンクトップにスキニーデニムで黒く長い髪は無造作に下ろしていた。CHANELの赤いリップだけ塗った。わたしの個性的な顔にはこの24番の赤いリップがよく似合った。会いたい彼に会うにはあまりにもカジュアルだったが、今日着たい洋服がこれだったのだから仕方がない。

あれからずっとダンガの顔が頭にはりついて離れなかった。わたしはすっかり興味を持ってしまっていた。ものごとの考え方についても一致するところがあったし、彼は大切に育てられたことがわかる品の良さを持っていたし、わたしはダンガと一緒にいて楽しい。何せわたしはダンガの顔がとても好きだった。ふとした瞬間に、もう一度あの顔を見たいと思うのだった。

わたしは彼がどのようにして待ち合わせ場所に現れるのかが見たかったので、約束の時間の十五分前から彼を待っていた。こうして好きな顔を待っているのもまったく悪くない。窓の外のビルが建ち並ぶ景色と入り口を交互に眺めながらぼんやりその時を待っていた。窓の外の景色を自分の中に取り込むには、わたしの目は悪過ぎた。乱視のせいでぼやけて見えてしまう。

入り口の方を見ると、わたしはあの店にダンガが現れたときのことを思い出した。あの時は、わたしの座席が入り口から遠かったせいでぼんやりとしていたけれど、今夜は入ってくるダンガのすがたがよく見えそうだ。ダンガはどんな服を着て、わたしを見つけたときにはどんな表情をするのだろう。わたしはテーブルに肘《ひじ》をついたり、ボックス席のソファにもたれたりして冷静を装っていたけれど、心臓はどうしようもないくらい強く脈を打っていて、ぱんぱんに腫《は》れて、はち切れそうだった。わたしは窓に映る自分の顔を何度も確認して、その顔を可愛いと思った。

「いらっしゃいませ」という元気な声がして入り口を見ると、ダンガと眼が合った。にっこり笑って手を振ると、ダンガも同じようにした。真っ直ぐな脚に見とれながら、ダンガにはスキニーデニムがよく似合うと思った。ダンガがわたしに一歩ずつ近づくにつれて、ぱんぱんに腫れた心臓が温かいことを感じた。

「ひとりでビールなんて何だか勇ましいね」

そのあとに恥ずかしそうにこんにちは、と言った。わたしも同じようにこんにちは、と返してから、

「リブステーキにはビールでしょう」と言った。

店員がオーダーを取りにきた。ダンガは自分の分のビールを頼むとあとは君が好きなものをどうぞと言ったので、わたしはオニオン抜きのコブサラダとカラマリフリットと魚のソテーとリブステーキを頼んだ。

「痩せてるのに随分たくさん食べるんだね」

「たくさん頼むのが好きなのよ」

ビールをたくさん飲んだ。ダンガは背が高い割には小食で、わたしと同じくらいしか食べなかった。

カラマリは適度に塩がふられ、衣は甘めに味付けされていた。少しレモンを絞ったらとても美味しかっ

た。ダンガは細長いフォークの柄の上の方を軽く握ってカラマリに差し、小さな口へ綺麗に運んだ。

この顔がずっと見たかった。黒いニット帽を被《かぶ》り、垂れた前髪の間から眼が見えた。

ダンガはわたしより二歳年上だった。二十三歳という年齢のわりには落ち着いて見え、大学に通っていることは想像もできないほどだった。

「大学ってどんなところなの？　わたし、大学って行ったことなくて」

「きっと君が思っているような楽しい場所じゃないよ」

「どんな世界なのかまったく想像できないくらい、大学っていうものを知らないの」

「大学に行きたいとは思わなかった？」

「学びたいことがなかったから。高校を卒業したときにはもう自分が小説を書いて生きていくことを決めていたから必然的に選択肢からは外れたみたい。いい大学を出ているからといっていい小説家になれるわけでもないって思っているところもあるの」

「そうとも言えると思うよ」

「でも知らないから見てみたい。なんだか面白そう」

彼がわたしのことを見つめるから、わたしはうっとりとした気持ちを止めることができない。

「ねえ、今度あなたの大学でデートしましょう」

「君が、僕の大学に来るの？」

驚いたような雰囲気で、飲んでいたビールのグラスを置いた。

「一度行ってみたかったの」

「期待を裏切らないといいけれど」

そう言って笑うダンガの目尻にうっすらと皺が入って、それがとても可愛かった。


帰り道、店から駅までの道を並んで歩いた。通りにはわたしたち以外に誰も歩いてはいなかったし通り過ぎていく車もわずかだった。まるでわたしたちしか存在していないように静かな夜で、わたしたちは無口だった。言葉がいらない夜だった。なんどか手に触れてみようと試みたけれど、できなかった。なんとなくわたしから触れた方がいいような気がしたのだ。そんなことくらいわたしにとっては容易《たやす》いはずだったし、そうたいしたことではないはずだった。でもこの手をすこし伸ばしてみるのに、ある一定の距離でどうしても止まってしまってもうそれ以上近づけることはできなかった。ダンガも静かにこちらを気にしながら、歩いていた。食事の時は何でもないような雰囲気で言葉を交わしたり、笑ったりもできるのに、夜空の下で今はなんてもどかしいのだろう。

別れ際がせつないなんて、初めてだった。わたしはひさしぶりにこのまま家に帰りたくないと思っていた。駅に着いてしまうと、わたしたちはまたお互いを見つめ、なにかを訴えようとしていた。でもそれがなんなのかを突き止めることはお互いにせず、わたしは「じゃあね」と言った。声がすこしかすれてしまって恥ずかしかった。彼も「じゃあ」と言ってわかれて歩き出そうとしたとき、「つぎは僕の大学で待ち合わせしよう」と言った。帰りの電車、窓にうつる自分のすがたを見てダンガの言葉を思い出し、わたしは笑った。

6

作品は順調過ぎるほど着々と書けていた。二作目の二倍の長さの長編を目指して書いていたので、わたしとしては長期戦になりそうだったが、日々はあっという間に過ぎ季節は初夏から真夏へと移り変わった。毎日うだるような暑さが続いた。わたしは毎日部屋のソファの上、ダイニングテーブル、昼間のレストラン、真夜中のカフェなど様々な場所でパソコンを開き、書き続けた。一日たりとも書かなかった日はなかった。小説のことを忘れることは一瞬もなかった。そうしてわたしは二ヶ月で三作目を書き上げた。

最後の句点を置き、わたしの手が止まった。そうして物語が終わった。わたしはわたしの部屋にいた。ダイニングテーブルの一番窓に近い椅子に座って、しずかにその時を迎えた。わたしが書き終わるのは自分自身もそれがいつどこで起こるのか知らない。それは突然にやってくるのだった。これから迎える怒濤《どとう》の直し作業のことは置いておいて、達成感でわたしは椅子にもたれ、深い爽やかなため息をついた。時刻は夜の十時だった。わたしは物語をざっと読み返し、それがとても素晴らしいことに感動し、またこうして書き上げた自分を心から讃《たた》えた。神野さんにメールで原稿を送るとすぐにお礼の言葉とともに「またこの神聖な気持ちを感じて興奮しています。大切に読ませていただきます。色んなことを差し置いて読み始めます」と返事が来た。そして追伸で「まさかこんなに早く原稿を頂けるとは！」と感嘆の言葉も添えられていた。

ダンガはこの小説を読んでくれるだろうか。もし読んでくれたときには、一体どんなふうに感じてどんな言葉をくれるのだろう。わたしは少々強い表現をしてしまうことがあるし、汚い言葉だってたくさん使う。性描写もごく普通にする。それらに対してダンガは嫌悪感をおぼえないだろうか。そんなことを危惧《きぐ》するなんてことは今までに一度もなかった。自分がどんな言葉を使ってどんな表現をして小説を書こうが、誰になんと言われても関係ないと思っていたし、それによって誰かを傷つけたとしてもそれはそれで仕方のないことかも知れないとさえ思うのだった。でもそんな表面的な言葉の紡ぎ方なんか以上に、ダンガとはお互いの深いところで言葉の感覚を共有したかった。感銘のポイントが限りなく同じであってほしかったし、引っかかる言葉も、好きな言い回し、感情表現の描写も同じところをいいと感じたかった。そして根本的に、わたしの小説がダンガにとって好きなタイプの小説に分類されてほしかった。ダンガには素敵な小説を書くんだねと、言われたかった。そんなことを思ってしまうことはとても、厄介だった。

二度の校正を経てわたしの文章は少しずつ最終形へ近づいていった。余分だった文章を思い切って章ごとごっそりなくして、必要なエクスキューズを付け加えた。この作業はとても重要なものだった。はじめに書いた文章をどんどん削ぎ落としていって、やっと洗練された文章になる。同時進行で装丁のデザインが始まっていた。もう既に頭の中で本のイメージは出来上がっていた。この小説に必要な色、紙の材質、佇《たたず》まいははっきりと見えていた。今回は表紙に絵を使うことにしたので、それにあたってデザイナーが何人かの画家やイラストレーターを探してくれたけれど、見ず知らずの画家に表紙の絵を頼むのはどうしても厭だった。本に関わることは出来る限り自分でやりたかった。結局、表紙の絵は自分で描いた。それまで絵を描いたことなど一度もなかった。

つくづくわたしは厭なことだらけだ。自分の中の小説に対するこだわりは、厭なこと、やりたくないことを自然と作り出して、結果的に「厭です、厭です」を繰り返して、疲れる。大してこだわりなんか持たずに、「別に何でもいい」と思えるくらい、もっと気楽に小説を作るということと向き合えた方が楽しいし、こんな面倒な思いをすることもないかと思う。そしてこだわりを持つことが必ずしもいいという訳ではないのだとも思っている。

小説というものに対して、わたしは異常に神経質になってしまう。細かいことが気になってしかたないのだ。デビュー作のときも、わたしはことこまかに確認をさせてもらった。自分の知らないところで自分に関することが決められていくのに、とても抵抗があった。

神野さんは時折困った素振りを見せながらもそんなわたしの性質を理解してくれた。実に良いパートナーだと言えた。わたしのどうしようもないこだわりを「表現者として当然のことだ」と言って受け入れ、わたしの希望は必ず考慮され、大部分が実現された。

小説だけがわたしの近いところにあったのに、ダンガがいつしかそこに加わり、それらの存在がわたしの核となっていった。これまでは自分のことだけを考え、自分のためだけに生きてきた。それが、いまごろどこで誰といて何をしているのだろう、そういうことばかりを一日じゅう思うのだった。わたしはダンガを想った。特によく晴れた休日の朝や、部屋から一歩もでなかった日の夜なんかはよくダンガのことを考えた。最後に会った時のあのアメリカンダイナーと、そこで話した好きな小説のことや、食べた食事、帰りにはお互いに何も話せなくなって無言のまま駅まで歩いたこと、そして帰り際にダンガが次は僕の大学で待ち合わせしようと言ったことを思い返した。なぜだか胸の奥の方になにかがつっかえているようだった。

ダンガから連絡は来なかった。

わたしの日々は普段となんら変わりのないものだった。ただいつもよりほんのすこしだけブラックベリーを見ないようにして一日が終わった。出来る限り普段と変わらないように心掛けた。どこかぽっかり穴が空いているような感じがするのは、会いたい人ができてしまったということだった。

そうしているうちに神野さんが完成した三作目のサンプルを十冊届けてくれた。わたしたちは本の出来上がりに満足し、互いの頑張りを褒め称えた。ここ最近のどうしようもない感情とともに過ごすなんでもない日々の中で、束の間の悦びに満ちた時間だった。

7

本が完成してしまうと、燃えつきたわたしはすっかり抜け殻と化してしまい、何も書かない日々が続いた。それまで七時に起きていたのが九時になり、映画を観て、小説をたくさん読んだ。眠る前にベッドで横になりながらパソコンを開いて音楽を聴くと、どうしようもなく胸が苦しくなって泣いた。涙は一度溢れ出すと止まらず、わたしはシミ一つない真っ暗な天井を見上げて口元から漏れる声を制限することもせず大量の涙を流した。どうしてこれほどまでに自分が泣いているのか、その涙の理由をわたし自身がはっきりとわかっていたから余計に苦しかった。

あれからマナからも連絡がなかったが、わたしから連絡をよこすのも違う気がした。連絡がないということはうまくやっているということを意味しているはずだった。

ほんとうに誰にも会わなかった。ずっと人に会わないでいると、マンションですれ違う人や、スーパーマーケットで見掛ける人たちと接することがすこし面倒になる。だけど一歩外に出ればわたしの人当たりはとてもよかった。条件反射的にからだがそうなるようにできているようだった。

マンションのエレベーターで他の階の住民と乗り合わせることになったときには、たまたま同じマンションに住んでいるというだけであの狭い空間にたった二人きりで閉じ込められることが堪え難かった。その相手が男性でも女性でも関係なく、わたしは苦痛を感じ、こちらのほうをちらりと見られたときには不愉快な気持ちが胃のあたりから込み上げてくるのだった。わたしは顔を見られたくなくて、べつになにも悪いこともしていないのに、また自信がないわけでもないのに下を向いて、いつも早く着いてと願っていた。

部屋のドアが閉まり、鍵をかけると、わたしはいつもほっとする。これがわたしだけの生活なんだと思う。自分のためだけに自分が存在してることを強く思うと、すこし自由を感じることができて気持ちが軽くなった。

夕方、あまりにも暑かったせいで早めの入浴をした。新しいボディソープのゼラニウムの香りが浴室に漂うと、清々《すがすが》しい気分になった。いつも通りの痩せている裸がそこにあった。お風呂から上がって、裸のままバスタオル一枚だけ羽織るようなかたちでリビングに行くと、わたしのブラックベリーのランプが赤く点滅していた。誰かからメールが来ていたサインだった。わたしにはそれが誰なのか、瞬時にわかっていた。

「あさって僕の大学で待ち合わせできるかな?」返事は決まっているのになんと返したらいいのか考えていたら時間が経ってしまい、夜がすっかり更《ふ》けて真夜中にさしかかった頃に「もちろん。喜んで」と返信した。それに対しての返信はなかった。もう一回返信が来てもいいのに、変な人だと思いながら一方的に話が途切れてしまうのに虚しい気持ちになってしまった。

翌日の夕方になって、ダンガから「明日は12時頃にうちの大学の正門で待ち合わせでどうかな?」とメールが来て、「うん。楽しみにしてます」と返した。また、返事は来なかった。

流石、有名大学というだけあって大きく立派な門構えだった。だけど思っていた以上に建物は古く、薄汚れていた。わたしたちは正門前で待ち合わせをしていたが、例のごとくわたしは随分と早く着いてしまったため学内に吸い込まれるようにひとりで入っていった。大学はひとつの小さな国みたいで一歩足を踏み入れるのに抵抗を感じた。恐いもの見たさで迷い込んだ自分の知らない世界がそこにあった。思っていたより、目につく学生たちの見た目は幼く、彼らがわたしと同級生、同世代だとは思えなかった。年齢的にはわたしがここに通っていてもおかしくないのに、自分がここで学生をやるという光景は全くイメージできなかった。右も左もわからずに居心地は悪かったけれど学生を見ているのは面白くて、ベンチを見つけそこに腰掛け、様々な想像を頭の中で描き続けた。学生たちを眺めながら色々なストーリーを勝手に描いた。

わたしはこれからダンガに会うのだ。

約束の時間まであと二十分。約束の時間に正門でわたしたちは会う。顔を見合った瞬間に三週間振りに会ったことは忘れ去って、またわたしは自分が誰かも忘れてしまうだろう。携帯でなんども時間を確認する。いつもは気になる視線も彼方へと飛んでいった。

「見つけた」

懐かしい声とともに、眼の前に好きな顔、すがた、かたちをした男の人が立っている。こんなに背が高かっただろうか。ダンガが微笑みかけている。わたしはどんな顔をしてダンガを見たらいいのかわからなくて、実際に今どんな顔をしてダンガを見ているのか、自分では全く思い描けなかった。ダンガは手を前で組んで、真っ直ぐ立っていた。ダンガもまた恥ずかしそうにはにかみながら言葉を探していた。

「僕も早く来てみたんだけどな」

「会えてうれしい」

言葉はあまりにも自然にわたしの口からこぼれた。見上げると、ダンガはあの時みたいに黒目を大きくしてわたしを見つめた。

「僕も」

「じゃあ行きましょう」

「案内するよ」

立ち上がると、あらためてダンガが自分よりも随分背が高いことがわかる。

「うちの大学に君がいるなんて信じられない」

「わたしも」

わたしたちは並んで歩いた。この間の静かな夜に歩いていた時よりもずっと近い距離でわたしたちは並んでいた。なんどもこの距離のふたりの光景をイメージし続けていた。そのせいかそれが現実になっても、わたしは動揺したり緊張したりもしない。いつものように堂々と校内を歩いていた。たまにわたしの肩がダンガの腕に触れたりして、それはふたりの距離が縮まっていることを示していた。後でこの日を思い出すような、記憶に残る緑に囲まれていた。日差しが暑い。ダンガは周りをきょろきょろ見ながらすこし落ち着きのない様子だった。すれ違う何人かの学生はこちらをちらりと見た。

そしてすれ違った瞬間、わたしに気づいたどちらかの一人が、気づいていない方のもう一人に耳打ちした。遠くの方で「え！　うそ！」と高い声が聞こえた。

そういえば、ダンガはわたしが誰かを調べたりしなかったのだろうか。

「どう？　大学は」

「知らない国に来たみたい」

「君は、ほんとうに面白いね」

わたしはダンガを見上げた。ダンガの顔に陽が差して陰影を作り上げていた。いつまでも眺めていたくなるような顔だった。わたしが見つめるとダンガは恥ずかしそうな顔をする。それでも見つめ続けるわたしの眼から視線を逸らさないで、じっと見つめ返している。言葉にならない想いを言葉にしようとして、それが出来ずにもどかしくて、無口になっても、それでいいと思った。

「お腹空いてる？」

「もう腹ぺこ」

「また今日もたくさん頼むのかな」

カフェテリアは吹き抜けで、大きな窓から健康的な情景を演出するために緑色の木々が植えられ立派な庭園が広がっているのが見える。げ、めっちゃ人居る、と呆気《あっけ》にとられていると、ダンガがこっちだよとわたしを誘導した。カフェテリアの隣にはマクドナルドも吉野家もあった。スタバまであったのにはぎょっとした。「ちょっとしたショッピングモールみたい」と言ったらダンガは「ほんとだよね」と言った。わたしは三百九十円のハンバーグランチを、ダンガは五百円の定食を頼んだ。値段に驚く間もわずか、すごいスピードで食事が出てきた。

「うちの大学のカフェテリアで君とランチするなんて、不思議だな」

「食事も結構美味しいんだね。懐かしい気持ちになるような味」

「僕も滅多に学校で食べないから、新鮮だよ」

「大学って、不思議な世界だね。思った通り、面白い」

「もう馴れちゃったけど、最初は変な世界だなと思ったよ」

「校内を自分の家みたいに歩いている人とか、みんな我が物顔に見えるのが面白いな」

「今日の君のワンピース、すごく似合ってる」

ダンガはそう言うと下を向いた。恥ずかしそうにする顔がとても可愛いと思う。ちょっとだけ意地悪をしたくなる、そういう可愛さがあった。

「先輩、お疲れ様です」

声を掛けてきた女はわたしを一瞥《いちべつ》しただけで、彼に向かってのみ話していた。わたしを誰だか気づいているのかはわからなかったけれど、女はわたしがダンガの隣に座っていることに驚いているのは確実だった。顔に出さなくても、よくわかった。

「今度の撮影なんですけど、今わたしの友達で手伝いたいって言ってる子たちが見つかったんでスケジュール伝えちゃって大丈夫ですか？」などと、自主制作の映像に関することについて話していた。最後に女はダンガの肩に手を触れて、「じゃあ先輩、また明日」と言って離れた。触れようとする手、触れた時の手、ひとつひとつに意味が込められていた。ダンガはわたしを見て、目尻を下げて機嫌をうかがい子犬のような顔で、

「話の途中にごめんね。映像の制作をやってくれてる子なんだ」

「あの子、たぶんあなたのこと好きだと思う」と言いかけてやめた。機嫌を損ねたのではないかとダ

ンガがわたしに気を遣っていることが可愛かった。そんなことで怒ったり、機嫌を悪くしたりはしない。

「映画の制作はどう？」

笑顔で言葉を発したわたしに安心したようで、

「うん、やってるよ。あとはどう崩していくか、かな。映像に興味がある後輩たちに手伝ってもらってやってるんだよ」

映画の話になるとダンガはすこし饒舌《じょうぜつ》になった。

「君はどうやって小説を書き始めたの？」

「わたしは小さい頃から書くことが好きだったの。話すのが苦手で、こっそり思ったことをひとりで黙々とノートに書いたりしてた。色々と想像することが好きだったから、ファンタジックなことをイメージしてそれを物語にして書いてみたり。それで高校生のときに書いていたものをベースに書き直して新人賞に出したら、受賞できたの。あなたは？　どうして映像に興味を持ったの？」

「子供の頃からミュージックビデオを観るのが好きだったんだ。勿論音楽もアーティストも好きで観ていたけど、映像そのものにとても興味を持っていたんだ。これはどうやって撮ってるのかとか常に思いながら。それで、ロンドンに行って、ファッションフィルムを知って撮るようになった。アンダーグラウンドのアーティストのミュージックビデオもやったりしていたよ。去年ちょっとした映像のコンテストに応募したんだけど、それでグランプリを獲ったんだ。ほんとうにちょっとしたコンテストだけど。そこで映像の制作会社の人たちに声を掛けてもらって、手伝いをやらせてもらってるんだ」

「すごいよ。ほんとうに素敵」

「自信だけは持て余すほどあるんだ。君の小説は？」

「書き終えたよ。もう本になってたからすぐに書店に並ぶはず」

「どんなものか、訊いてもいいかな」

「美しい男を好きになる話。でもわたしは多重人格なの。あ、わたしは自分の小説の主人公のこと、こういうときについわたしって言ってしまうの。主人公がわたしになってしまうからだと思うんだけど。多重人格で、彼を好きになってる人格はひとつだからそれ以外の人格のときには、彼をすごく傷つけてしまうの。まあ、そんな話」

「聞いただけで、ほら鳥肌が立ってしまった。すごく良さそうだね」

「とてもいい感じ。あなたにも早く読んでもらいたい」

やっぱりわたしの作品は読んでくれていないのか。

ダンガからは確実に好意を感じるのに、どうしてなのだろう。ダンガは本を読む人だし、書店に行けばわたしの名前が目に入るはずなのに。がっかりする気持ちが込み上げた。

学生たちで混雑したカフェテリアは居心地があまりにも悪かったため、食事を済ませると早々に外に出た。エスカレーターに乗るときに、わたしは校内にエスカレーターがあることにも驚いたのだが、そのエスカレーターでダンガの腕をやっとの思いで摑《つか》んだ。筋肉質で固い腕だった。ガラスにわたしたちのすがたが映った。それはとてもぴったりきて、どの角度からみても似合っている二人だった。

ガラスに映ったダンガと眼が合った。

8

「はじめまして」

「長谷川です。よろしくおねがいします」

ウェスティンホテルのラウンジで、顔を向かい合わせていた。

名刺を貰う時に長谷川と目を合わせようとしたけれど、彼は自分が差し出した名刺を見ていた。

「ぼくはコーヒーをください」とウエイトレスの目を見ずに言って、飲み物がくるまで落ち着かない雰囲気だった。テーブルの上には、『骨を食べる』の単行本が置いてあった。その横に手帳とペンと名刺入れが重ねて置かれており、手の平でせわしなく本の表紙を触っていた。

新しく仕事をする出版社の担当者は、三十二歳の男性だった。男性を自分の担当編集者にすることになるとは想像もしていなかった。たいして知らない男の人と向かい合って原稿を広げてあれこれ議論をしたり、恋愛や人生についての哲学を述べ合ったり、ときには二人きりで食事をするなんてことを考えただけで、それらはわたしにとっては絶対にありえないことだと思っていたのだ。でも二人目の編集者と仕事をするにあたって、わたしは神野さんとはまったく違うキャラクターを持った人がよいとも思っていた。たくさん依頼のメールが来ていた中から出版社を選ぶのに、わたしはやはり、自分の好きな作家が作品を多く出している出版社から一度出してみたいという思いが強かった。そこで、長谷川が担当者になったのだった。

「ラウラさんとお仕事ができてほんとうに光栄です。ぼくはこの、『骨を食べる』を読んで、絶対にこの人の原稿が欲しいと思いました。インタビューで『骨を食べる』について、作品はあくまでもファンタジーであり、子供の頃から脳裏にこびりついていた情景だとおっしゃっていましたが、それについてもうすこし詳しく聞きたいのですが」と回りくどく興奮しながら長谷川は言って、その額にはうっすら汗をかいていた。

「構わないですよ」と言って、かいつまんで答えた。それを長谷川はとても興味深そうに聞いてメモをとっていた。そのあとも、立て続けに処女作に関する質問をしてきた。

わたしは出したばかりの三作目がどうだったか聞きたかったけれど、長谷川の口から三作目について語られることはなかった。長谷川だけではない。どこに行っても、いつまでもデビュー作のことばかり言われる。こういったことは小説家である限りついてまわるものだと誰かが言っていたけれど、わたしは言われる度にいつまでその話をしてるんだと呆《あき》れ返る。特に長谷川は仮にもわたしの担当者である。最新作を読むのは当たり前のことであり、まずその感想を述べるのが礼儀ではないのか。

長谷川と実際に顔を合わせる前に電話で話したり、メールでやりとりをしたが、その間に勝手に頭の中ですがたを散々想像して、自分に都合のいいイメージを作り上げてしまっていた。実物の長谷川は背が低くがっちりした、異常に顎のない男だった。そのない顎にうっすらと髭を生やしているのがアンバランスだった。なんとなくこの人で大丈夫だろうかと不安になるような男だった。その不安を一度押しのけて彼の目をしっかりと見つめてわたしは手を差し出した。握手をした長谷川の手は力なくふにゃっとした感触で、さらに頼りなかった。でも、重要なのはわたしがいかに自由に小説を書けるかどうかだと思い直した。

「是非とも早速ラウラさんに連載を持っていただきたいと考えています。連載、いかがでしょうか?」

「どちらででしょうか?」

「興味はありますか?」

「あります」

「よかったです。連載について提案が二つありまして、ひとつは文芸誌で書いていただく。こちらは『骨を食べる』のような純文学作品が好ましいと思います。もう一方は、新たに創刊する女性モード誌で書いていただく。創刊号ですし一般的な話題性もあると思います。ただし、こちらですと読者がファッション誌を読む方たちなので、文芸誌に載るような作品は書けないと思います。ですからぼくは前者をお薦めします」

長谷川の模範的な説明には、如何に文芸誌の方で書かせたいかの熱弁が大いに含まれていた。わたしはすぐさま答えを出した。

「ファッション誌の方で書きたいです」

長谷川は目を見開いて、驚きをあらわにした。

「そんなに早くお答えをいただかなくても時間はあるのですが」

「いえ、どちらも大変ありがたいお話ですが、今お話をうかがっていてファッション誌で書くことにとても興味が湧きました。わたしが注目されたのは、単に大きな賞を獲ったからというだけではなくて、会見の時のわたしのファッションが小説家としては奇抜だったこと、わたしの風貌、発言、態度に関心を持たれたことが大きな要因だとわかっています。元々ファッションが好きですし、自分の原点とも言えるのかも知れません。今回は、ファッションを好む人たちに読んでもらえるようなスタイリッシュな作品を書きたいです」

モードファッション誌にわたしの連載が掲載されるのが、鮮明にイメージできたのだ。イメージできることは、実現できるものだとわたしは思っていた。長谷川は落胆を隠せないような顔でこちらを見た。

「そうですか。ぼくは文芸誌でまた『骨を食べる』のような作品を書いて、もう一度文学界を震え上がらせるのがラウラさんにとって大切なことなのではないかと思っています。文芸誌でしっかり作品が書けるということはラウラさんのキャリアの中でとても重要なことだと思います」

「文芸誌でもいつか来るべき時期に書きたいと思います。文芸誌で書いても、ファッション誌で書いても、わたしはわたしです。今の自分のエネルギーと技量と感覚で小説を書くことしか、今のわたしにはできません」

それでも諦めきれないというような雰囲気を醸し出したまま、長谷川は顔を赤くして「わかりました」と言った。

二十代後半をターゲットにして新しく創刊する女性モードファッション誌で連載を持つことになり、わたしの小説連載は三ヶ月後から始まることになった。のちに連載をまとめたものを一冊の長編小説として出版することになっている。連載を持つのは初めてで、期日を細かく設定されて原稿を書くということは今まで一度もやったことがなかったので、どのくらいのペースで書いていけばいいのかなど勝手がわからなかったけれど、わたしはとくべつ不安を感じることもなくとても興奮していた。経験したことのないことはいつだってわくわくした。女性誌ということで、小説のテーマは無論恋愛だったが、その恋愛の形態や内容についてはあくまでもわたしの自由だった。

わたしと長谷川はその初対面の場で、その連載の内容について打ち合せをすることも可能だったが、いきなり処女作のことばかりを言われたせいで気が乗らなかったので、一度家で筋書きを立てたものを近日中にメールで送りますと長谷川に言った。

ホテルを出ると、外はうっすら暗くなっていた。そのままタクシーに乗るでもなく、なんとなく歩き始めた。長谷川が頼りなさそうな男だったことに心底がっかりしたが、それはわたしの書く小説の中身とはとくに関係のないことだとも思った。わたしは長谷川に何も言わせないような小説を書く。そう思うとなにもかも解決したように思えた。

携帯をカバンの中から取り出すと、神野さんから着信がはいっていた。どこから今日のことを知ったのかと思わず考えてしまうほど、タイミングがよかった。この人とはやはり縁があるようだ。

「もしもし。すみません、お電話いただきました」

「いいの、どうしてるかと思っただけだから」

「すごいタイミングです。今ちょうど新しい担当者に挨拶をしてきた帰りなんです」

「やだ、私エスパーみたい」

神野さんは笑っていた。わたしは新しい担当者が妙に頼りなさそうで、少々変わった人だったことを吐露《とろ》した。

「あの人、そんな人なんだ。私も話したことないからな。べつにどんな担当者であろうとあなたの作品には影響はないと思うわ。あなたさえいつものようにしっかりして、伝え方を間違えなければ大丈夫よ」

「そうですかね」

「そうよ。あなたはあなたの作品を守ってあげて」

連載を持つことになったことを話すと、

「文芸誌じゃなくてファッション誌で書くのね。面白いじゃない。あの編集長が作る雑誌ならきっと格好いいに違いないし、創刊だから派手にやるでしょう。部数も大きいから影響力があるわよ」

「楽しみになってきました」

「よかった。ところで、電話したのはね」

「はい」

「増刷が決まったのよ！」

「ほんとうですか！　嬉しい」

先日発売されたわたしの三作目の小説、その増刷が決まったのだ。嬉しかった。電話の向こうの神野さんの声がとても弾んでいて、嬉しそうな神野さんのすがたが浮かんでそれがわたしにはもっと嬉しかった。わたしは内心ほんとうにほっとしていた。デビュー作のときは、小説に対する余計な知識がないからこそ思い切りと勢いがある、まだ稚拙《ちせつ》さが色濃く残る文章だが圧倒的な力強さを感じる、などと評価された。人々の批評や分析は、処女作であるということが前提での評価だった。また二作目といえば、きみは新人賞を獲ったんだよね、ではここで腕試しですね、と言われているようで、やはり力まざるをえなかった。

そして三作目となった今回、真の実力が問われると思っていた。だからこそわたしはこれまでの作品を読んでくれた人たちも含めて多くの人たちを納得させる、唸《うな》らせるような小説を書かなくてはいけなかった。なにより、自分自身に対して、自信を持って何一つ躊躇《ちゅうちょ》することなく「わたしは小説家です」と力強く名乗れる自分になりたかった。実のところ、それまでに自分が小説家だと堂々と名乗ることに抵抗があったのだった。

「あんなに素晴らしい作品はたくさんの人に読まれなくちゃ」

神野さんのやさしい低い声にもうすこし包まれていたいと思った。

神野さんと話しながらいつの間にかかなりの距離を歩いていた。わたしは神野さんとの電話を切ると、ほとんど意識とは遠いところで指を動かし、電話をかけた。呼び出し音が鳴るとわたしの鼓動は一気にスピードを上げた。

「もしもし」

「もしもし」

数秒の沈黙のあと、ダンガの声が聞こえた。大通りを歩いていたため、真横をバイクが大きな音を鳴らして過ぎ去っていった。

「そとに、いるの?」

「打ち合せの帰りで歩いてるの」

「なんだかうれしそうな声だね」

「うん、なんだかうれしいの」

ダンガはやさしい声で笑った。春の風が草原で誰にも気づかれないように静かに吹いているような声だった。吐息が耳元で聞こえるようだった。顔を見て、今日のことを話したいと思った。またわたしたちは互いに無口になって、しばらくお互いの呼吸する音を聞いていた。

「もし君さえよければ、これから食事でも、どうかな」

今一番欲しい言葉が聞こえた。


わたしたちは青山の中華料理屋で会った。何が食べたいかと聞かれ、小籠包が食べたいとわたしは答えた。予想外にものごとが次々に展開し、わたしは通常では考えられないほど活動的な人間になった気分だった。まさか今日ダンガに会うことになるとは思いもしなかった。

ダンガはいつもよりもカジュアルでラフな格好で、上下黒のTシャツにハーフパンツを合わせてモノトーンのチェックのネルシャツを羽織っていた。わたしはペンシルスカートにTシャツを着て、いつも同じＣＨＡＮＥＬの24番の赤いリップをつけたお気に入りのスタイルだった。「今日も素敵だね」とダンガは会うと必ずその日の印象を言葉にしてくれる。それはとても嬉しいものだった。わたしは決まって笑いながら小さくおじぎをする。そしてわたしはいつものようにたくさん料理を頼んだ。

わたしたちはまたひとつ近くなった。会った瞬間にそう感じた。わたしたちはこうしてゆっくり、お互いの心の中を確認するかのように静かに距離を縮めていくのだ。もう余計な距離は要らなかった。

日曜日の東京の夜は好きだ。車の数が圧倒的に少なくなって、街全体が静寂に包まれる。ここが都会のど真ん中であることを忘れてしまうほどだった。わたしたちはたしかに歩いていたけど、どこへも向かってはいなかった。交差点で立ち止まり、信号待ちでわたしたちは無口のまま点滅する信号機を見つめていた。横に立つダンガを見上げると同時にダンガもわたしを見下ろした。それはきっととても勇気がいることだったのに、脳で考える以前に体が自動的にそうなってしまった。わたしは顔をダンガのそれに近づけた。おそらくそれは瞬間的な出来事だったけれどわたしにはとてもゆっくりと時間をかけてそうしていったように感じた。ダンガの整髪料の香りがした。あとほんの数センチほどの距離になると、彼のほうが顔を寄せた。わたしたちはそうして初めて唇を合わせた。さっきまでつけていた赤いリップを食事のときにオフしておいてよかったと思った。手も握ったことのない相手とキスをするのは初めてだった。どちらともなく唇を離すと、眼に飛び込んできたのはわたし以上に恥ずかしそうに、でもとても嬉しさのにじむダンガの顔だった。できればこのまま調子良く、好意を持っていることが直接的に伝えられるような言葉を言えればよかったのだけど、わたしたちはまた何も言えなくなって、でもしっかりとダンガの腕を摑んで歩いていった。わたしたちはどこへも向かっていなかった。あてもなくどこまでも歩きたかった。今夜はもうすこし一緒にいたいと思いながら、ただただ夜を歩いていた。

9

連載ではなんでもない恋愛小説を書いていた。男と女が普通に出会って、惹かれ合って、愛し合って、やがてわかれる、ごくありふれた恋愛の果てまでが書きたかった。長谷川は、「読者を飽きさせないように、衝撃的な仕掛けを作った方がいいのでは」と言ったけれど、わたしはなんでもない話が書きたかったのだった。ショッキングな出来事で物語を展開させるつもりは毛頭なかった。それは小説に、必要なことなのだろうか。主人公が実は異常なまでに屈折していたり、突然誰かが死んだりといった過度な演出に疑問を持っていた。そう伝えると長谷川は、「でも、デビュー作では骨を食べるじゃないですか」とよくわからない食い下がり方をした。わたしは、いつまでデビュー作のことを言ってんだよ、と思いながら話を流した。こいつじゃ話にならない。

わたしたちの人生はなんでもないものだと思う。それは個人の捉え方にもよると思うけれど、少なくともわたしは、寝て、起きて、なにかを食べて、仕事と呼ばれることをして、たまに誰かと会って、誰にも会わない日があって、一日中ほとんどなにもしてない日があって、酒に酔う夜があって、ときに誰かを好きになり、好き合って、交じり合ったり、ひとりぼっちになったりして、そういう日々を繰り返し生きていて、ほんとうになんでもない毎日を過ごしているにすぎない。ただわたしの人生は当たり前にわたしの眼の前にあって、眼を覚ますと毎日わたしの日々がこの眼に飛び込んでくる。それにわたしは何の疑いも持たずに景色として眼の中に受け入れる。それがわたしの世界であるということさえも深く思わずに。

そういうごくありふれたわたしたちの世界のことを書きたかった。

「新境地だね」

マナはわたしの連載のページをぱらぱらめくりながら言った。彼女はわたしのすべての作品を読んでくれている。

「発売日に買って読んだよ。今までの作品とはまた違う感じ」

まるで自分の家にいるみたいにわたしのソファでくつろいでいた。マナは髪の色を明るくして、すこしメイクをしていた。服は相変わらずくたびれていたけど、印象は明るくなっていた。

「今まであまりにもちゃんとしてなかったから、せめて美容院に行かなきゃと思って行ったの。一年振りに行ったのよ、美容院」

「一年振りか、それはすごいね」と笑いながら言うと、

「メイクもちゃんとするようにしてる。彼のことばかり考えてたら、そういうことも忘れちゃってたの。どこかであたしは彼の彼女なんだっていうことに甘んじてたのよ。健気《けなげ》なふりしてふんぞりかえってたの。でもよく考えたらこんなあたしってまったく彼の好みの女じゃないし、このままだといつか捨てられちゃうと思って、今はもう必死に取り繕ってる。こんなあたしなんかと一緒に暮らしてくれて有り難いって思うのよ。あたしは特に才能もないし、普通の人間だから、あたしから彼をとったらほんとうに何もなくなっちゃうのよ。あたしは、ただ彼のお嫁さんになりたい。きっとそれがあたしの人生なんだと思うの」

「うん」

わたしは続きを促した。

「とは言っても、あたしも彼もまだ若いし、彼なんか結婚なんて考えたこともないと思うけど。でもずっと一緒に居てくれる人だと思うの」

「マナ、彼に対して随分下手《したて》じゃない」

「そうかな。だってほんとうにそう思うんだよ」

「あたしなんかと居てくれてありがとうとか言わないでよ。そんなこと、言っちゃだめだよ。悲しくなるじゃない」

余計なおせっかいを焼いてしまったと思った。二人の世界のことはわたしがとやかく口を出すことではないのに。

「あたしが変わらない限り、あたしたちの生活も変わっていかないと思う。わかってるんだよ。簡単に変われたら、こんなに悩んでないよ。あたし、こういう自分のことがほんとうに嫌でたまらない。だけどどうしたらいいかほんとうにわからないの。なんの取り柄もなくて、たいして可愛くもなくて、いい彼女でもなくて、あたしは一体なにをやってるんだろう」

マナはソファの上で体育座りをし、両方の膝を抱えて俯《うつむ》いた。

「恋愛って、苦しいものなのかな、楽しいものなのかな」

わたしは呟いた。

「楽しいもののはずなんだけど、苦しいね」

わたしとマナはその後にとりとめのない話をして、夕方にさしかかると、今日は彼に晩ご飯を作ると言ってマナは帰っていった。ダンガのことをマナには話せなかった。言えなかったのではない、言わなかったのだ。マナからわたしの近況について触れることは一切なかった。

なんでもない恋愛の物語は、実際に面白いのかどうかはわからなかったけど、読者にはすこぶる評判がいいとのことだった。「やっぱり普遍的なテーマと作品が一番読者にうけるんですよね」と長谷川が言ったのには苛っとした。やっぱりじゃねえよ。真逆のこと言ってたくせに。

それからも目標枚数に達したら機械的に長谷川に送った。いつも暫く反応がなかったので届いたか不安になり、わたしは確認の電話をしなければならなかった。「あ、届いてます。ありがとうございました」と何でもない調子で言われるのが常だった。

わたしはダンガに新作の本を、ましてやデビュー作も二作目も渡していなかった。どの作品も愛というものに対して悲観的な内容をはらんでおり、デビュー作は愛する男の骨を食べる話だったし、二作目は部屋を覗《のぞ》いている女と覗かれている男が猟奇的に愛し合う話で、出したばかりの三作目も多重人格の彼女が彼氏を殴ったり蹴ったりする暴力的な話だったため、ダンガがわたしの小説を読むということに対して躊躇があった。文章は人間として破綻していると捉えられても仕方ないような癖があった。小説を書く時のわたしは通常のわたしではなく、自分でも知らない自分が現れて、文章を操っているような感覚だった。書いている人間は自分なわけだから、間違いなくわたしの思想や哲学や経験が含まれているけれど、綴られていることがわたし自身であると言えるわけではもちろんなかった。だけども小説そのものはわたし自身を説明するのに不可欠なファクターであることに違いはなかった。ダンガにはわたしのことを知ってもらいたかった。だから勿論読んでもらうことを望んでいるはずだった。でも躊躇《ためら》うくらいなら、今はまだそのタイミングではないのではないかと思うのだった。

明日は久しぶりのファッション誌の撮影だったので、早めにベッドに入った。色々な美容クリームを塗ったくって顔はべとべとだった。べとべとした顔で天井を見上げながらダンガのことを想った。ダンガも今、わたしと同じようにしてもしもわたしのことを想っているとしたら、それは都会の真上で、誰にも気づかれないままひっそりと輝いている星の光が、わたしたちだけに届くような、そんなとても素敵なことのように思えた。

10

この日の撮影は、創刊号の連載開始記念グラビアの反響が大きかったために新たに企画されたものだった。連載小説の主人公を表現して欲しいと編集長に言われたので、知り合いのスタイリスト、ヘアメイクに協力を頼んだ。長谷川、連載雑誌の担当者、ライターが立ち会っていた。紹介されたフォトグラファーを含むすべてのスタッフは長谷川以外全員が女性だった。

長谷川はファッション誌の撮影に立ち会うことが滅多にないらしく、自分以外が皆女性であることにも居心地を悪そうにして終始端の方で様子を見ていた。わからなくて萎縮するとはいえ、自分の担当者が陰気くさい態度で消極的にしているすがたを見るのには失望した。どうしようもなく寂しいものがあった。

モニターに転送される写真をスタッフが見ている。ある程度撮るとフォトグラファーが「チェックしてみましょう」と言ってわたしもモニターで確認をする。下着をつけないでACNEのブラックの薄いシルクのタンクトップにJ.W.ANDERSONのタックパンツ、CELINEのウエッジソールの靴を履いて濃いメイクアップにヘアはわざとぼさぼさにセットされた個性的な顔をしたわたしが視線を向けていた。だらんと垂らされた腕が棒みたいに細くてわたしは嬉しくなった。写真を見ながらスタッフは口々に「可愛い」と言っている。この写真の一体どこが可愛いのだろうか。わたしたちにはこういう時にはどうして可愛いという表現しか持っていないのだろう。わたしの写真はどこからどう見ても可愛くはなかった。瞼全体に真っ黒なアイシャドウが塗られ、チークはつけていなかったから、顔色は悪く見え、可愛いという表現は明らかに違った。写真が格好よかったからわたしはとてもいい写真だと思った。べつに可愛く写るために、また可愛いと思ってもらうためにファッション誌に出るわけではない。みんなまだ口々に「可愛い」と言っている。変だと思う。一番しっくりとくるのは「変わった感じ」とかそんなところだろう。「ラウラさんどうですか」と聞かれて、「好きです」と答えた。

浮世離れしたとんでもなく濃いメイクをしたままインタビューを受け、分厚く塗られたファンデーションや真っ黒な目元がべたべたして気持ちがわるく、そのことがずっと気になって仕方がなかった。インタビューの間ひたすら連載について褒められた。人気が出たのは喜ぶべきことだった。実際に知っている限りのわたしと同世代の知り合いなどで、日常的に本を読む人たちは驚くほど少なかった。小説って読みたいとは思うんだけど字を読んでると眠くなっちゃうんだよね、とか、この小説を読み始めたんだけどと言いながらそのままでいたりするのを目の当《ま》たりにする度わたしは苛々した。字を読まない人があまりにも多いことがただただ残念だった。だから連載が好調だと聞いたときにはほっとした。まだ読んでくれる人は、いる。

「ラウラさん自身がどんな恋をしていて、どんな恋愛観を持っているのか読者は気になるところだと思うのですが」

「はい」

「今、恋はしていますか?」

「自分がどんな恋愛をしているかについては、何一つ言いたくないんです。どんな恋愛をしているかを公表することって別にたいしたことではないと思うんですけど、仮にわたしが今現在の恋愛について赤裸々に話してしまったら、それを知った人たちがわたしの作品を読んだときに、フラットな感覚でいることは難しくなると思うんです。きっと例の彼氏とのことを書いているのだろうと思われてしまうと、読み手の想像力を妨げることになると思うんです」

「なるほど」

「あくまでもわたし自身のことはわたしの作品の中にあるのです」

話しながら額をさわるとべとっとしてファンデーションの油分が浮き上がってきたようでまた気になった。

「この連載はどんな方に読んでもらいたいですか？」

わたしはこの質問がきらいだった。

小説にしても、映画にしても、音楽にしても、理解しようとしなくても簡単にできるような、単純明快なものばかりが求められ、一般に浸透している。売れようとして狙うマスはダサさと紙一重で、それから逃れようと独創性を追求すると、実際にはたいして売れないから組織の偉い人たちは挑戦したがらない。結果、似たようなどうしようもない作品ばかりが氾濫《はんらん》していてもういい加減お腹いっぱいで頭が痛かった。わたしは売れていても絶対にそうはなりたくない、そういつも思っていた。だから新しいことに毎回挑戦するのはわたしにとって、世の中への挑戦でもあった。自分に挑戦するだけでは、勝手に小説を自分で書いていればいい話で、わたしは人に読んでもらうことを求めているのだから。

どんな人にわたしの小説を読んでもらいたいかなんて、こちらが偉そうに選ぶ権利などないと思っていた。誰も小説など読んでいる場合ではない時代で、小説を書いていくことをわたしが選んだのだから、選りすぐりしていてはむしろ損だと思うし、わたしは読んでもらえればなんだって嬉しい。それだけで、充分なのだ。

質問に対して、その質問はきらいだから答えたくないとか言ってつっかかってみようかと思ったけれど、いちいちそこで持論を展開したところで相手にとっておいしいネタが増えてしまうだけで、第一説明するのはとても骨の折れることだったのでやめた。

「こちらが読者を選ぶなんていうことは、わたしの中にそもそもない概念です。読み手を選んでいる時点で筆者と読者のパワーバランスが歪んでいると思います」

結果、相手をおののかせてしまった。


帰る支度をしていると長谷川が「この後すこしだけお時間いただいてもいいですか？　ご相談がありまして」と言った。約束の時間までには余裕があった。

わたしより背の低い長谷川についていきスタジオの横にあったカフェに入った。長谷川の顎のない口元をちらりと見た。

「ラウラさんにテレビ出演の依頼が来てるんです」

「テレビ、ですか」

「はい。テレビです」そう言って、誰もが知っている有名なドキュメンタリー番組の名前を言った。

「それは、すごいですね」

「はい。すごいことです」

いつになく鼻息を荒くした様子で長谷川が続けた。

「番組のプロデューサーがラウラさんに大変興味を持たれていて、是非オファーを受けて欲しいと言われています。いかがでしょうか」

「テレビなんて、賞の会見でワイドショーに出たくらいで、わたしがテレビ番組に出演することなんてうまく想像できないんですけど」

「実際のところその番組以外にも話はあるようです。ぼくとしては、この番組にはなかなか出られるものではありませんし、あちらからオファーがあっての話なのでとても貴重なことだと思うんです。ご存知の通り、とても影響力のある番組なので、出て損はないと思うんですが。ぼく自身はやりたいです」

あなたがやりたいかやりたくないかなんてわたしには関係のないことだと言いたかった。

「お話はわかりますが、わたしの日々を追いかけてもらったところでなにも面白い画《え》なんて撮れないと思うんですよね。期待してもらってるようなことって多分なにもない気がするんだけど。テレビだからって面白可笑《おか》しく編集されたりすることはないんですか」

「事前にしっかりとした打ち合せをしましょう。編集についても相談してみるつもりです」

「そこまで自分のプライベートな部分を切り売りする必要ってあるのでしょうか」

「ラウラさんは自分の見せ方を知っているから、そのあたりの調整もご自分でできると思うんです。テレビでどんな立ち居振る舞いをするのがベストかは、ご自身が一番よくわかっていると思います」

わたしは黙ってしまった。説得されているのか、慎重にならなきゃいけない部分を丸投げされているのかわからなくて、二つ返事で引き受けることを困難にさせている。

「あまり難しく考えないでください。あくまで三十分の番組ですから」

「わたしにとっては難しく考えるべきことなんです。何でもかんでも来た仕事をそのまま受けてしまうのは危険だと思います」

長谷川は視線をテーブルの上に落として、

「軽はずみな発言でした」と抑揚のない声で言った。

「すこし考えさせてもらってもいいですか」

「勿論です」


テレビがわたしの日々を追いかけるのはすごいことだと思った。大体何万人くらいの人が観るのかは知らなかったけど、話題になることは間違いなかった。でも密着されているすがたを想像してみても、わたしの小説家としての日々の中でテレビ的に面白くなるような要素が見つからなかった。わたしの日々は実につまらないものなのだ。基本的に家でひたすらパソコンに向かって小説を書いているだけなのだから。無論ひとりで行われる作業なだけに誰かと口をきくわけでもないし、ましてやそのひとりの作業中に誰かがそれを黙って見ているというのは、もうそれだけで通常のすがたから逸脱している。わたしは少なからず自分を良く見せようと努力してしまうかも知れないし、おそらく通常通りに振る舞うことは簡単じゃない。ありのままのすがたじゃないのならそれはドキュメンタリーとして成立しないはずだった。

他の小説家とわたしの違いはわたしがまだ二十一歳と若いことと、有名な賞を獲ったことにより時の人のような捉え方をされているところだった。ときにファッション誌の撮影があることも小説家らしくない要素だと思う。普通には画にならなくてもわたしなら補えるポイントがあるからと思われ、オファーが来たのかも知れない。

でもわたしは時の人で終わるつもりはなかった。ここでメディアに出過ぎたらほんとうに一時だけの人になってしまうかも知れない。


家へ戻ると、約束の時間まであと一時間半あった。わたしは濃いメイクを落としてシャワーを浴び、メイクをやり直した。プロのアーチストにメイクをしてもらうと、確かに普段とは段違いに華やかになる。でもその顔に違和感を持ち、これがほんとうにわたしの顔なのかと疑問を感じてしまうのだった。

わたしは自分のメイクを施された自分の顔が一番好きだった。髪を綺麗にブロウして、洋服を選んだ。今日は選ぶのに時間がかかった。何を着たいのか問いかけてもわたしは答えてくれなくてなかなか決まらなかった。時計を気にしながらやっとの思いで黒のタイトワンピースを選び、ドクターマーチンを履いて出掛けた。

ダンガはわたしよりも先に約束の場所に着いていた。ダンガを見つけるとわたしはなにもかもを忘れた。わたしの口元はゆるみ、目尻は垂れ下がり、わたしという存在そのものも忘れた。わたしは歩み寄るとほとんど無意識の中でダンガにやさしくハグをした。駅の近くということもあって人通りが多かった。わたしたちの周りを幾人もの人が通り過ぎていく。ダンガは「みんな見てるよ」と言って一瞬戸惑い、そのままわたしを抱きしめた。

わたしたちは初めて出会ったカフェバーに行くことにした。

店に入ると、煙草の香りと料理の匂いが混ざって鼻を突いた。わたしが人数を告げると、ソファ席へ案内された。自然と二人とも出会ったときと同じものを頼んで、そのときのことを思い出していた。

「急にあなたが眼の前に座っていたよね。でもわたし全然驚かなかった」

「よく考えたらほんとうに変な人だよね」

「変だね」

「でも、どうしてあの時、僕を拒絶しなかったの？」

「理由なんてないよ。わたしも不思議、気がついたらあなたと話をしてた」

「僕も、からだが勝手に動いてしまった」

彼も照れくさそうに、ライムを絞ったスプリッツァーに口をつけた。

「わたし、あなたの顔がとても好きなの。いつまでも見ていたいと思うような、そういう顔なの」

「嬉しいよ。僕も、君の顔が好きだよ」

「わたしの顔が好きだなんて言ってくれるのはあなただけ。相当な変わりものだと思う」

「ほんとうに、可愛い」

そんな風に言われてわたしは嬉しかった。今日一番言われたくなかった言葉が、ダンガの口からこぼれると、くすぐったいくらい嬉しかった。今日の撮影のモニターに映った自分の顔を見て、ほんとうに変な顔をしていると思った。醜いとさえ思った。ファッションの似合う顔だとフォトグラファーが言ったけど、そうだったとしても変な顔だと思っていた。

「ほんとうに顔のことを褒められることって滅多にないの。でも、すごく、嬉しい。ありがとう」

「僕だって、ありがとう」

夜の中をわたしの家へと歩いていた。きっとこれからわたしたちはひとつに繋がるのだ。はっきりとお互いがそれを予感していた。夜になると、随分涼しくなった。夏が終わる風の匂いがした。

「聞いてくれる？」

「なあに？」

「君に伝えなきゃいけないことがあるんだ」

「どうしたの？」

風が気持ちよかった。ダンガを見上げるとダンガのさらさらした黒い髪がなびいた。

「僕は、君がとても有名な小説家だってこと、ほんとうは知っていたんだ」

わたしはダンガの眼を見つめた。

「ほんとうは君の作品をすべて読んでいるし、今やってる連載も毎月買って読んでる。僕は君のデビュー作を読んで、君の熱狂的なファンになったんだ。『骨を食べる』は夢中になってあっという間に読んだよ。言葉を書く力がものすごくて、あんな書き方をしている文章は今までに一度も読んだことがなかった。心を根こそぎ持っていかれるようだった。自分と同世代でこれだけすごい才能を持っていて、それを形にしていることがあまりにも衝撃的だったんだ。僕とは違う世界で生きる人のはずなのに、どうしてか勝手にシンパシーを抱いてしまった。君は誰にも似ていなくて、僕自身が目指す理想像そのものだった。『骨を食べる』を読んで、もっと君がどんな人なのか知りたくなったんだ。そこからインタビューとか、ネットで調べたりして散々読んだよ。もちろん君がどんな顔をしているかも知っていた。小さな写真でも、白黒の写真でもいつだって可愛くて素敵だった。だからあの時、あの店に入った瞬間、君がいることにすぐ気がついたよ。信じられなかった。呼吸をすることも忘れたくらいに。君と眼が合った時に、これは絶対に会うべくして君に会ったんだって、思ったんだ」

ダンガは懸命な顔をして、わたしに訴えていた。

「続けて」

「だから、この機会を逃したら絶対に後悔すると思った。気がついたら君の向かい側に座っていたんだ」

「うん」

「でも僕が君のファンだってことを言ってしまったら、君は僕を恐れると思った。それにただの一ファンだと認識されてしまうのがどうしても厭だった。だから君を知らないフリをしてしまった。僕は確かに、ラウラという時代に選ばれた小説家のファンだった。でもあの時君の顔を見た瞬間に、完璧に君自身に恋をしてしまったんだ」

わたしは真剣に彼を見つめていた。

「わたしに初めて会った時に、あなたがなんて言ったか憶えてる？　わたしのことがわかるって言ったのよ。わたしの眼を見て。わたしのことがわかるんでしょう？」

別に知っていようがいまいが、もうどちらでもよかった。なんとなく気がついていないわけでもなかった。ダンガはわたしが誰だか知っているような気がしていた。いずれにせよ、わたしはダンガが好きだった。それは出会った時から一瞬も揺らぐことはなかった。

わたしが彼を知る前から、彼はわたしの知らないところでわたしを知ってくれていて、受け入れてくれていた。そんなことを何ひとつ知らずに、ひとりぼっちの日常を生きていた。ずっと前からわたしのことをこんなに強く想ってもらえていたということにわたしは今にも泣き出したかった。ダンガはわたしの顔も好きだと言う。わたしのなにもかもを好きだと思っている。そんなことは、今までに、一度だってなかった。

「君のことが好きです」

ダンガは眼に涙を溜めていた。この瞬間に泣いてくれるなんて、わたしはそれもまた初めてだった。

「わたしもあなたのことが、好き」

そう言ってわたしは両手で顔を覆い隠して、声を出さずに泣いた。肩が震えていた。

再び歩き出すと同時に、初めてダンガの手を握った。ダンガは強く握り返した。ダンガの手はすこし汗ばんでいた。なんて愛らしいんだろうと思いながらわたしたちは無口のまま家へと急いだ。

ダンガとわたしの初めての夜は、真夜中にひっそりと流れる川のせせらぎのように静かに迎えられた。わたしたちの呼吸と、小さな声と、コットンのシーツや枕に触れたときのかさっという音だけが大人しく鳴っていた。肌と肌を触れ合わせて、もうこれ以上近づけないくらいお互いが近づくと、わたしたちはずっとこうしたかったんだと思っていたことに気がついた。それがとても素晴らしかったことにふたりとも安堵した。これだけ想い合っておいて、これだけ待ちわびておいて、それがもししっくり来なかったら、きっと哀しみにくれていただろう。初めてのそのときを、わたしたちは一生懸命に愛した。もうこれ以上はないくらい必死にそのときを過ごし、たくさん汗をかいた。一度も触れたことのない場所に触れたり、一度も聞いたことのない声を聞いて、緊張感の中でひとつひとつを受け入れ、知っていった。余韻の中で頭をぼうっとさせながらいつまでも抱き合い、わたしたちはどちらからともなく眠りに落ちた。長い一日が終わった。

11

目を覚ますと、となりでダンガが眠っていた。なにもかもが現実だった。口をしっかり閉じ、とても綺麗な顔で深く眠っていた。この寝顔はわたしだけのものだと思った。この瞬間はわたしたちだけの秘め事なんだと思った。見つめていると、ダンガが目を覚ました。

「おはよう」

「おはよう」

かすれた声でそう言うと長い手を伸ばしてわたしを抱き寄せた。肌から甘い香りがした。胸に顔を埋めていると息が出来なくて苦しかった。苦しくて愛しい。そうしているとわたしたちはすぐにまた眠ってしまった。

ダンガは大学に行き、わたしは部屋にひとり取り残されて、さっきまでの余韻にひたっていた。わたしたちは大切なことをすぐ忘れてしまう。この瞬間のことを決して忘れないように、パソコンに向かった。書きながらなんて素敵な文章なんだろうと思った。一生忘れたくないと思うような夜だった。

わたしは電話を手に取った。

「もしもし、ラウラです」

「どうも、昨日はありがとうございました」

「昨日のテレビ出演の件なんですけど」

「はい」

「やっぱりお断りしようと思います」

「やはり気が乗りませんか。でも、あまりに勿体ないと思います」

「そうかも知れません。でもわたしはまだ小説を三作しか書いていませんし、受賞から一年でまだ混乱から冷めていないような浮遊感があります。こんなに上手く物事が運んでしまうのには、躊躇いがあります。わたしはこれからも小説を書き続けます。もうすこし経って、機会があったらやらせてもらいたいと思います。その時に向こうがそれを望まなくても、それはそれで仕方のないことだと思います」

「そうですか。ほんとうにいいんですね？」

「申し訳ありませんが、考えた末の答えです」

「わかりました」

長谷川は事務的に応答すると「では連載よろしくお願いします」と言って電話を切った。電話が切れるとともにこの一件についてはあとかたもなく消えてなくなった。

真面目で仕事ができる人だとは思うのだけど、長谷川はこの仕事を楽しんでやっているようには見えなかった。とにかく事務的で機械的で、つまらなさそうだった。ただ与えられた仕事をこなしているように見えた。小説との向き合い方がわたしとは明らかに違ったため、いつまでも打ち解けることができずにいた。わたしと彼にはあまりにも会話が足りなかった。わたしの執筆活動にはなんら影響はないけれど、やっぱり担当編集者との関係がこれではつまらない。電話を掛け直していた。

「どうしました」

「長谷川さん、近々食事に行きませんか」

一拍置いて、長谷川が「はい」と言った。

「わたしは基本的にはいつでも構わないので、ご都合のつくときにいかがですか?」

「わかりました。日程を調整してご連絡致します」

「やっぱりわたしたちもっと色々と話した方がいいと思うんです。今の関係ってすごく事務的でとてもつまらないと思います」

「はい」

腑に落ちていないようなすごく間抜けな返事だった。顎のない阿呆面《あほづら》が目に浮かんだ。わたしは腹が立ってしまった。

「長谷川さんはそうは思わないんですか?」

「いえ、そんなことは」

「なんかわたし無理矢理言わせてます?」

「いいえ、そんなことありません」

「長谷川さんは、わたしの小説を、もっと売りたいとか、そういう意欲的なことを思わないんですか?」

「勿論、思います」

「長谷川さんには一生懸命やっていただいているからとても感謝してます。でも、もっと同じモチベーションや展望を共有してお付き合いしたいんです」

「すみません」

「こちらこそ要求がうるさいことは自覚しています。でも長谷川さんといい関係を築いていきたいんです。わたしは小説家としてもっと成長したいと思っています。だから同じ志を持ってもらいたいんです」

「はい。ぼくの力不足だと思います。全体を把握しきれていないところも多々あります。すみません」

「そんな技術的な話をしている訳ではなくて、わたしが言っているのはもっと精神によった問題なんです」

「はい」

「…………」

わたしがいつまでも言葉を失ったままでいても、電話口から長谷川の声が聞こえてくることはなかった。長谷川はわたしが口を開き、電話を終えるのを待っていた。それはわたしを絶望的な気持ちにさせた。もうこのまま話していても仕方がないので、一日電話を切ることにした。ひとまずここは冷静に、大人の対応をしようと努めた。

「わたしは連載も一生懸命頑張りますので。これからも、よろしくお願いします」

「よろしくお願いします」

電話を切った後も、心のもやもやが晴れず、とても後味が悪かった。仕事に関することにはどうしてこんなにも短気になって、込み上げてくる憤りを抑えられないのだろう。とは言え、あまりにも後味が最悪だったし、わたしも少々かっとなり過ぎたかも知れなかった。わたしは長谷川にすぐにメールをした。先ほどは、感情的になってしまってすみませんでした。また明日から頑張ります。と書いて送った。ところが何時間経っても長谷川から返事は来なかった。わたしはほとほと呆れ返った。ないわ。なし。こいつありえない。結局次の日の朝になって、メールありがとうございました。僕も頑張ります。と、的外れで当たり障りのない、どうしょうもない返事が来ていた。馬鹿じゃないの、と小さく呟いて携帯を投げ捨てた。

12

次の日の夜もわたしたちはわたしの家でひそやかにときを過ごした。わたしはまたすぐに会いたいと思ってしまって、それはどうしてかと考え、素晴らしいと心から感じたあの初めてのふたりの夜を、すぐにでももう一度確かめたくて、そしてきっと二度目はもっと素敵なんだろうと思ったからだった。そしてふたりだけの秘密の時間の中で浮遊していたかった。そう思うともう気持ちを抑えることはできなかった。ダンガにも予定があるかも知れないとか、そんなに焦らなくてもいいとか、ああだこうだ一通り思ったのだけれど、そういうのはやっぱりどうでもいいことで、考えるのをすっかりやめてしまうと、すぐさまダンガに連絡していた。ダンガも打てば響くように「僕も連絡しようと思ってた」

と返事をくれた。
Ｐａｔｔｉ ＡｕｓｔｉｎのＳａｙ ｙｏｕ ｌｏｖｅ ｍｅを何度も繰り返し聴きながら、部屋の掃除をした。なんてやさしい曲なんだろうと思いながら、飽きもせず何度も何度も聴いた。たまに音と一緒に口ずさんだりした。

パソコンに向かっているとインターホンが鳴り、わたしは一気に高揚した。さらにモニターにダンガの顔が映っているのを見ると胸をぐわっと摑まれてゆさゆさと揺さぶられた。彼がエレベーターに乗って部屋に辿り着くまでの二分間、わたしは落ち着かない。書くのを止《や》めて、玄関の前で待っている。扉を開けるとダンガがそこに立っていて、わたしがその顔をじっくり見る前にダンガは「会いたかった」と言った。その言葉と同時に静かにわたしを抱きしめた。抱きしめられながらわたしは眼を閉じたくなかった。この眼をしっかり開けて、起こるすべてのことをこの軀《からだ》の中に景色として残したかった。ダンガのためだけにこの扉は開かれる。ダンガを扉の中に招き入れる。わたしの家の扉を開けられるのはこの世界でたったひとりダンガだけだった。ふたりの間に遮るものも抑える感情も次第になくなっていき、ろくに言葉を交わさずに迎えた二度目は思っていた通りにもっと素敵だった。わたしたちは重ねるごとに、ぴったりと馴染んでいく。

次の日は朝ごはんを一緒に食べた。わたしたちは起きたままの格好で、わたしはメイクもしていなかったし、さらに部屋に差し込む太陽の光で細部まで露《あらわ》になっていた。そんな顔を見てもダンガはわたしのことを可愛いと言った。朝ごはんを食べるのは、夜ごはんを食べるよりもずっと素敵だと思った。

そのまま週に二、三回のペースでダンガがうちに来るようになった。ダンガは実家で両親と暮らしていたから、必然的に彼がうちに来る形となった。お互いの心と心を隙間なくぴったりと重ね合わせたくて、そのためにわたしたちに与えられたすべての時間を費やしたかった。

最初は人の家に上がっているという遠慮があったようだったダンガも、冷蔵庫開けていい？　とわたしの了承を得て開けていたのが、黙って開けるようになり、ソファでだらんと寝転ぶようになり、わたしのパソコンでネットサーフィンをするようになった。彼が無防備にくつろぐすがたを見るのが嬉しかった。

わたしはといえば、人の家に上がるのが昔から苦手だった。友達の家に遊びに行くのも居心地が悪くて苦痛に思うタイプだし、ましてや泊まるなんてことは考えられなかった。おそらくそれが、ダンガの家であっても、わたしはきっと落ち着かないんだと思う。自分でも気づかないところで気を遣って、いつまでも自分の居場所を見つけられないような気がして苦手だった。だからこうやって足しげく家に通ってくれるダンガにわたしは心から感謝し、彼の歯ブラシを用意し、下着を入れるスペースを作り、素敵な部屋着を置いたりして、彼のものをひとつずつ増やしていき、彼が余計な気を遣わないで済むように努めるのだった。

ダンガは洋服を脱ぐ時に、きまって右側の袖や、パンツの右脚を裏返してしまう癖があり、わたしは洗濯物を取り出して変な形をしたシャツやパンツを笑いながら正しい形に戻し乾燥機に入れるのだった。それから一日一個、多い時で二個アイスクリームを食べるので、うちの冷凍庫には多種多様なアイスクリームが常備されるようになった。

これまで自分の思うように自分のことだけを考えることを人生の基軸にして好き勝手やってきたか

ら、わたしが誰かのために配慮をするなんていうことは不思議な感覚だった。

「書きたくなったら気にせずに書いて。もし僕がいないほうが集中できるならそうするから言って」とダンガは言う。わたしは「小説はどこでも、いつでも書けるの」と答える。ダンガはわたしが相当気難しいタイプだと思っていたようで、小説を書くときは部屋にこもり、誰とも口をきかずに、ろくに食事もしないで狂ったように書いていると想像していた。ダンガは数々のわたしのインタビュー記事を読んでいて、また外見からのイメージも相俟《あいま》って相当なくせ者だと思っていたらしい。わたしの日常をダンガは知っていき、あまりに普通に執筆していることがとても意外であるようだった。

朝は遅くとも八時半には起きてダンガと食べるための朝ご飯を作る。ダンガはそのひとつひとつの行動に感激した。ダンガは「朝に炊きたてのご飯を食べられるってほんとうに幸せだよね」と言いながら、ご飯を小盛りで二膳食べてから出掛けていく。

ダンガといても、わたしはいつも通り書き続けることができた。恋愛のせいで仕事のペースが落ちたり乱れたりするなんていう、恋患いのようなものはなかった。わたしたちはお互いの生活の中に相手の存在を受け入れ、重要な役割を担い関わり合うようになっても、戸惑うことなく、冷静と情熱のあいだを歩き続けることができた。どんなにお互いを求めていても、依存し合って自分の人生を犠牲にするのはどちらの価値観にも反していた。そんな子供のままごとみたいな恋愛なんてしている場合ではなかった。だからわたしたちは寄りかかり過ぎることも、傷つけ合うことも、お互いを困らせるようなこともしない。わたしたちには相手を愛すること以外に、とても大切にすべきものがそれぞれにあるからだ。恋愛だけがわたしたちのすべてではない。恋愛だけがすべてだと思ってしまうのは、わたしたちの人生にとってとても勿体ないことだと思う。

連載は読者の人気を保ち、わたしはちょうど結末の執筆に差しかかっていた。なんでもない恋の話は書こうと思えばいくらでも書けたし、物語の中のふたりの日々も続けようと思えばいくらでも続けられたけれど、物語には結末が必要なのだ。物語は静かに始まり、静かに終わらなくてはならなかった。

「君の連載を本屋で普通に買って、読むのが僕の楽しみなんだ」ダンガは物語の行方については一切聞くこともなく、わたしが家で書いているときもほっておいてくれる。ただ「君の書く文章はいつだってうつくしい」と言って読むのを楽しみにしてくれていた。そう言ってもらえることに、わたしはとても感謝した。

物語の結末をどうするかで悩んでいた。同じアルバイト先で出会った二人が、恋に落ちて、狂おしく愛し合って、その後にどういう道を辿るのか、わたしは決めかねていた。ハッピーなエンディングもいいのではないかと思って最初は書き始めた。いつまでも愛し合って幸せに暮らすような童話みたいな話があってもいいんじゃないかと。でも書いていけばいくほど、わたしは主人公のふたりを離れさせたくなっていた。

四作目の執筆となり、新たな境地の上にある作品を見てみたいと思った。わたしの書き方で、ストーリーはなんでもないハッピーエンディングの恋の話だったら、どんな小説になるのだろうかと期待に胸を膨らませた。

連載を始めた当初は、ラウラらしくない普通の話で内容的にはつまんない、いつまで経ってもなんの展開もなくて読むだけ時間の無駄だ、などと言う人もいたけれど、それはそもそも元からそういった狙いで書き始めたものだから、まんまとひっかかってんのはあんたたちだよと、ほくそ笑むのだった。でも書けば書くほどこのふたりがいつまでも一緒に居続けるすがたは見えなかった。また、これほど結末に悩んでいるのは、書いていくうちにいつものようにわたし自身と主人公を重ね合わせているからだと感じていた。

ダンガにうしろから抱きしめられる度に、ダンガの背がわたしよりも随分高いことにうっとりして、彼の体の中に自分の体がすっぽりと入ってしまうことが気持ちよかった。優越感みたいなもので満たされるのだった。ダンガは耳元で、「君が僕の彼女だなんて」としっとりとした声で囁く。

ダンガがわたしのことを彼女だと言う度に、わたしはどうしてか、いたたまれない。そういう風にわたしのことを呼ぶのは、不思議な気がした。

わたしたちはほとんどの時間を家で過ごす。誰かに見られてしまうのは勿体ない気がして、わたしたちの秘密の時間はわたしたちの中だけに閉じ込めておきたかった。

ソファに沈み込み、お気に入りのチョコレートアイスクリームを食べながら、あっというまに真夜中になったのを感じる。ダンガといると、時が過ぎ去っていくのが早い。わたしたちの時間は刻一刻と通り過ぎ、ありとあらゆるものが過去のものになっていく。なんにもしていなくても、ダンガといるという事実で、意味のあることに思える。無為のうちに過去にしてしまった時間を悪びれることなく受け止める。

一ヶ月前に家の鍵を渡していた。「鍵、作ったの」と言ってディンプルキーを渡すと、ダンガはまた眼を丸くして、「ありがとう」と言った。「嬉しい？」と訊くと、「ほんとうに嬉しい」と一語一句はっきり聞こえるように言った。いつかのように、眼には涙が溜まっていた。わたしはこんなに想われてしまって、どうしたらいいのだろう、彼の涙を見つめ、そう思った。

「あなたって、そとではどんな人なの？」
「なにか、今のすがたと違うように思う？」
「そんな気がして」

そうだな、と言いながら天井を見るダンガの大きな眼にライトの光が差し込んで、みずみずしくみえる。眼からは今にも雫《しずく》がこぼれおちそうだった。その雫を両手ですくって、それを自分の肌に浸透させわたしの中に取り入れたいと思う。そういう考え方をうつくしいと思う。

ダンガはひとつひとつ言葉を選ぶようにして話し始めた。

「僕は、基本的に、ひとりだよ」

「ひとり」

「出来る限り、関わりたくないんだ。人のことは、ほんとうにどうでもいいんだ。誰かと過ごしたり、なにかを共にしたりするのって、僕にとってはものすごく苦痛なんだ。どうしてだろう、果てしなく疲れるんだ。君を除いて、自分の人生に関わってくる人たちは、ほんとうにすこしだけでいいんだ。それだけでもう、充分だと思うんだよ。だから僕は、きっと、ものすごく人を寄せつけないようにしてしまっていると思う」

「ほんとうに、似ているね」

「君を見てると、まるで自分を見ているようだよ」

「そういうのって、生きてく上で、損をすることがあるってわかってるんだけどね」

「そう、わかってるけど、僕は、君としか、居たくない」


「君は？」

「あなたといないときのわたしを見たら、わたしを嫌いになるかも知れない」

「どうして？」

「ほんとうに、細かくて、気難しいのよ。感情を抑えられないし、ほんとうに気が短いの」

「君は表現者なんだから、おかしくもなんともないよ」

「顔がいくつもあるような気がして、自分でも怖くなる時があるの。特にあなたといない時の自分はあまり好きじゃない。気難しくて自分でも疲れてしまうくらい。わたし、社会には一体どんな優秀な人たちが溢れてるんだろうって想像してたの。自分の仕事を難なくこなして、責任やプライドを持って、プロフェッショナルしかいない場で切磋琢磨しあって、刺激的にそれぞれのポジションを全うしてると思ってたの。でも、蓋《ふた》を開けてみたら、適当な人はいるし、単純に馬鹿な人もいるし、明らかに向いてない人はいるし、鬱《うつ》になっていなくなっちゃう人もいるし、なんていうか、想像していたほど、優秀な人ばかりじゃなかった。それがわかったときは、ほんとうにショックだった。でも、すくなくともわたしは、プロフェッショナルの小説家としてやっているつもり。だから、せめて直接関わる人には優秀であって欲しい。それを求めることってそんなに難しいことなのかな」

「君のようにやっていれば、そう思うのは当然だよ」

「わたしほんとうにおっかないの。見せられないのが残念なくらい」

13

いつまで経っても、長谷川との食事会は実現されなかった。長谷川はわたしを恐れている。さらに食事をしようだの、意識を高めてほしいなどと言われることを面倒だと感じている。それを意図的に伝えようとしているのか無意識にやっているのかわからないが、とにかく食事会は実施されないままだった。

長谷川は東大を出ていてたくさん本を読んでいて、しっかりした編集者なのだと思う。連載もうまくいっているし、執筆面ではなにも問題はなかった。でも、長谷川はわたしが求める担当者ではなかった。

長谷川とは連載の原稿を二回分書くごとに連載担当も交えて打ち合せをしたから月に一回ほど顔を合わせていた。それでもわたしが書いた原稿に対して、ほとんど言っていいほどてこ入れをしない。神野さんとは何度も原稿のやりとりをして、ここはもっと感情を入れた方がいいとか、ここは言葉が足りなくてわかりづらいとか、この一文がないほうがかえってかっこいいとか論議を繰り広げた。神野さんの提案はいつだって的確だったから、わたしもなるほど、と言いながら手を加えていくのだった。そして論議のうちに思わぬ発想が生まれ、それが後に振り返ると重要な要素になることもあった。そういうのが、長谷川とは、ほとんどない。それは虚しいものがあった。だから、わたしは自ら懸念している箇所を伝えて、その部分に対する意見を求めるのだった。神野さんは、わたしからの骨の折れる相談に迅速に対応してくれた。きまって数日中には丁寧で的確な返答をくれた。でも長谷川は相談に対してゆっくり時間を使い、やっと来た返答もわたしのヴィジョンとは違った解釈だったりすることが多い。その返答を見ているうちに別の新しい文章が生まれて、わたしはそれを書き加えるというパターンなのだった。

わたしは最初に自分が書いた文章は不完全であって、編集者とともに文章を突き詰めていくことでもっと小説の内容を良くしたいと思っていた。小説のパートナーである編集者には駄目出しをしてもらいたいし、指摘されたら前向きに受け止め、客観的に見てより文章が良くなるのなら直したい。

「ラウラさん、連載の結末をどうしましょうか?」

「そろそろ決めなくてはいけないですよね。根本的に決めかねています」

「メールにも書いてあった、ハッピーエンディングにするべきか否か、ですよね」

考え込みながら黙って目線を落としたわたしの顔を見ているのがわかる。こんな風に長谷川がわたしの顔を見つめるのを、わたしは気持ち悪いと思う。意見を持っていないわけではないはずなのに、いつものように長谷川の口から自発的に出てくることはない。わたしが意見するのを待つ素振り、意見がない長谷川に苛立つ。ただの質問者と化した担当者にわたしはまたがっかりする。

「長谷川さんはどう思いますか？」

こちらから聞かない限り、一生長谷川は意見のない担当者のままなのだと思う。

「そうですね」としばらく考えているところを、苛立ちと、そんなこともすぐに意見できないのかという軽蔑の目で長谷川を見やる。

「ぼく個人としては、『骨を食べる』のようなラストが読みたいです。最後の一行で息を止めてしまうような、読み終えた後も救いようのない気持ちをどこにやったらいいのか困るような、そういうラストが」

「また『骨を食べる』ですか」

「あの幕引きはほんとうに恐ろしいほど素晴らしいです」

「本質的にわたしはそういった結末を書く傾向にあります。でも今回はわたしらしい文章の書き方は変えずとも今までの作品とは違うなんでもないストーリーを書いてみたいというところから始まりました。新しいことに挑戦してみたいという気持ちが強かったのです」

「重々承知しています」

「でも正直なところやはり二人が離れることばかりが浮かんでくるんです」

「なるほど、興味深いです」

長谷川はすこしテーブルから身を乗りだしたように見えた。

「新しいことに挑戦したい気持ちと、いつものように本能的に書いていくこととのズレのようなものを自分の中で整理するのがとても難しいです」

「ラウラさんらしく、本能のままに書いてください」

すこし声のトーンが上がった長谷川の声を聞き、この場での解決を諦め、わたしは話を切り上げた。

「今一度、しっかり考えてみます」

長谷川は、今回の連載の執筆の間に一度もわたしに賛辞の言葉をくれない。原稿を渡したときにありがとうございます、と言うだけで、その原稿を読みました、素晴らしかったですとか、そういう類《たぐい》の言葉をくれたことは一度だって、ない。ちゃんとわたしの連載を楽しみに読んでくれている人の意見が今必要だった。

無論、神野さんやマナはわたしの連載を読んでくれている。神野さんは雑誌が発売される度に、独特のユーモアを交えながら連載の感想をメールで送ってくれる。しかし神野さんのもとを離れた今、聞きたくても、この連載の内容について問うことはできない。マナだって、会えば連載が面白いと言ってくれる。ただ最近はわたしも執筆で忙しく、マナからも全く連絡はなく、三ヶ月も会っていなかったから、なんとなく意見を聞くのははばかられた。

わたしはダンガの意見を聞きたかった。ダンガはわたしの連載をほんとうに真剣に読んでくれている。今のわたしに、求めている言葉をくれる人はダンガしかいなかった。

「わたしの連載、あと三回で終わるんだ」

「もうすこしで一年か。終わっちゃうんだね」

「今、ラストで悩んでるの。というか、かれこれずっと迷ってるんだけど」

「迷っているっていうのはどういうこと?」

「書き始めた頃はハッピーエンディングを想像してたの。今までのわたしの作品とは違ったストーリーを書いてみたかった。でもわたし自身がそれを押し止めようとしてるみたいな感じがして」

ダンガはわたしに体をくっつけて、とても近い距離でわたしの睫毛《まつげ》のあたりを見ていた。ソファのスプリングが伸びて随分と尻が沈むようになった。そのソファの沈みはわたしたちが二人で重ねて来た年月を意味していた。

「今回の連載では何でもない恋の話を書いてみたくて、根本的にいつもと違うことをやってみたかった。だけどなんでもない終わり方で満足いくようにできるかどうか、もう物語も終盤だっていうのにまだうまく想像できなくて。自分の中に疑問を持ったまま今までとは違う新しいラストにしてみることが正しいのか、それともいつものように自分の指が動くままに書くのか迷ってる」

「君の作品のファンにも、君が挑戦したいその意図は伝わっていると思うよ」

「いつものようにやるのは完成形も見えるし、きっと心にどんよりラストの情景が残るような文章になると思う。だからいつもと違うラストの書き方をすることもしてみたいっていう欲求をとることが正しいのか、踏ん切りがつかなくて」

ダンガはわたしを見つめて、何度も頷いていた。

「それにわたしは、小説を読んでて、読みたくてどんどんページをめくるんだけど、終わりが近づいてきた時に読み終えてしまうのがもう寂しくて、結末を知りたくてページをめくりたいのに、読み終えちゃったら、もうその物語はほんとうに終わってしまうから、すごく大切にページをめくるでしょう？　いつもそういう小説が書けたらいいなって思うの」

「どんな結末になっても、君の小説は君にしか書けないものだと思うけどな。それに、君が新しいことに挑戦してみたい、新しい自分を見てみたいっていう気持ちが、読んでいて痛いほど伝わってくるよ」

わたしはダンガの言葉に緊迫感から自分自身を解くことができた。わたしは、ありがとうという思いを込めてダンガを見つめた。

「新しいわたしを見てみたい」

「どこまでも君についてきてくれる読者は、たくさんいるよ。君の言葉には、ほんとうに力があると思う。どんな君の書き方も、君だけのものになると思う」

「どうしてわたしが欲しい言葉がわかるの？」

「君がやっていること、君のすべてが好きだからだよ」

「物語には結末が絶対に必要なんだものね。物語を始めてしまった以上は終わらなきゃいけない」

その瞬間、ラストの情景が頭の中に鮮やかに浮かんできた。わたしは急いで、それを文字にするためパソコンに向かった。


思い煩っていたことから抜け出すと、ふと思い出した。わたしの頭の片隅にぼんやりと潜在していたすがたがくっきりと浮かび上がった。マナは、どうしているのだろう。連絡がないということは、特に問題はないということなのだと考えた。マナのことだから、何かあったら連絡してくるだろう。

しかしそう思ったのも束の間、わたしの手は動いていた。

「もしもし」

「久しぶり、どうしたの?」

「なんとなく、電話してみただけだよ」

「そう」

「元気?」

「うん、まあそこそこだよ」

「なんか誤魔化したでしょ」

「なんで?」

「声色がなんだかいつもと違うから」

「そうかな」

「そうだよ」

ほんの数秒、わたしたちは黙って、なにかこちらから話さなくてはと思っていると、いつもと違うマナの声が聞こえてきた。

「あたしのほうは、もう平行線だよ。彼、やっぱり他に女がいるのよ。携帯見ちゃったんだ。だけど、絶対にうちに帰ってくるの。お前といるときが一番落ち着くって言うのよ。特に最近すごくやさしいの」

「そうなの」

「うん」

「マナは、大丈夫なの？」

「あたしは大丈夫だよ。たぶんあたしが一番みたいだから。また、近いうちに会おうよ」

珍しく早く電話を切り上げたそうにして、わたしたちの久々の会話はものの二分で打ち止められてしまった。疲れ果てた声をしたマナは、大丈夫だと言ってほんとうのことを言わなかった。頼られもせず、つっぱねられてしまったことがとても寂しかった。


秋晴れの空の下、画材を買うために渋谷まで出掛けた。小説の表紙の絵を自分で描いてから、絵を描くことがわたしの趣味の一つとなった。自分のための用事で出掛けるのは好きだった。都営バスに乗って渋谷まで着くと、この街ではいつだって人混みにまみれてしまう。なにかに追われているかのような急ぎ足で歩いていると、息をするのを忘れてしまいそうだった。

「あれ、ラウラじゃない？」

「え？　どこ？」

すれ違った大学生らしき女の子二人組に気づかれた。彼女たちは歩く方向を変え、もと来た道を歩いてわたしのあとをついてくる。わたしは速度を変えずにどこまでも歩き続ける。

「ほんとにがりがりなんだね」

「ね、超がりがりだよね。ほんとうに変わった顔」

「すごい独特だよね」

「でも実物の方が雑誌で見るより可愛くない？」

「そう？　ブスじゃん。全然可愛くないし」

わざわざ聞こえるように悪態をつくんじゃねえ。べつにあんたたちに好かれようなんてこれっぽっちも思ってないけど。いつまでもついてくるんじゃねえ。こうして街で気づかれる度に自分の希少価値を減少させているみたいな気分になる。街で見掛けたという事実を作りたくない。こういうことがあるから、わたしはやっぱり家から出たくない。街に出掛けると、余計なことに惑わされる。

二人組はああだこうだわたしのことを批評しながら目的地までついてきた。エスカレーターに乗ってもまだ、ついてくる。わたしは気づいているのに気づいていないふりをする。わたしにはなにが正解なのかわからない。そんなに気になるくらいなら声掛けてくればいいのに。どんだけついてくれば気が済むんだよ。

背後の二人組に気を取られ不愉快なまま、駅からあっというまに目的地の画材コーナーに着いてしまった。ここでの時間を楽しみに家を出たのに、こっそり見られているようではまったく楽しめないし集中できない。気が散ってものすごく苛々していた。もういい加減にこっちから、何ですか、と尋ねようかというところまできていた。丁度アクリル絵の具を手に取って見ているときに、カシャッと音がした。瞬時に音の聞こえた方に目を向けると、二人組の片方が勝手にわたしに携帯のカメラを向けていた。わたしは、急激に沸点に達した怒りを収めることはできなかった。おそらく恐ろしい形相で二人組に突進していった。

「今、撮ったよね」

「え」

二人組は顔を見合わせている。目で相談でもしようとしているのか、必死に気持ちを送り合っている。

「撮ってません」

「でもわたしに携帯向けてたよね」

「向けてません」

「じゃあ見せてよ、携帯」

二人組はまるで醜い悪魔を見たかのような恐怖に怯《おび》えた顔をしていた。

「出して、携帯」

差し出された携帯にはしっかりわたしの間抜けな顔が写っていた。

「嘘ついたね。消して」

撮った方がふてくされた顔をしながら黙って消した。「なんなのその顔。謝るとかないの?」と言うと、さらにぶすっと押し黙った。もうひとりの方は、目に涙を溜めてびくびくしている。

「悪いけど泣きたいのはこっちだからね。そんな顔されたらまるでわたしがあんたたちを苛《いじ》めてるみたいじゃん。こんなこと二度としないで」

目の前の醜女《ぶす》二人は解放されるのを待っている。「もういいよ」と言うと、結局謝らず逃げるようにその場を立ち去った。

怒るのに予想外のエネルギーを使ってしまい、わたしは適当に絵の具を選び、新しい筆を調達して帰った。どうしてなんだろう、どうしてなんだろうと、さっき怒ったことを憎んだ。どうして怒りを抑えることができないんだろう。店を出てすぐ、うなだれるようにしてタクシーに乗った。

「おかえり」

ダンガが急ぎ足で玄関まで来て迎える。

「ただいま」と言ったきり、黙って部屋着に着替えて手を洗っていた。ダンガはわたしをうしろから抱きしめる。鏡の中でわたしたちは見つめ合う。いつまでも見つめ合う。

「どうしたの?」

「うん」

「なにかあったの?」

わたしはダンガから体を離して、「さっき、絵の具を買いに行ったんだけど」とことの顚末《てんまつ》を話した。

「でも、もしかしたらわたしが間違ってるのかも」

「どうして?」

「だってこれでもわたしは一応人に知られていたりして、きっとあの子たちは何の意識もなくわたしを撮っただけで、それをわたしは頑《かたくな》に厭がって、怒って、写真を消させたの。確かに不愉快になるようなことは言われてたよ。でも帰ってくるまでのあいだ、ずっと考えてたんだけど、人に知られてるような人間だったらそういう多少のリスクぐらい背負わなきゃいけないのかなって。べつに写真くらいいいいじゃない、黙って撮らせておけば。でもわたしはほんとうに厭だった。そのままにはしておけなかった。ほんとうに小さい人間だって思う」

だんだん自分が情けなくなって、わたしは完全に打ちのめされていた。

「馬鹿みたいなしょうもない人間なの」

「そんなことない」

ダンガがいつかのように、真っ直ぐわたしを見つめていた。

「そんなことをもう、気にしなくていい。いつも君は、外で気を張りながらすごく素敵に振る舞ってるじゃない。充分だよ」

「そんなことないよ」

「ううん。気にしなくていい」


こういう発作みたいな自己嫌悪はときどきやってくる。今まで思い煩ったときには、どのようにしてひとりで対処していたのだろう。最終的に自分で切り抜けるしかないにせよ、話を聞いてうなずいてくれる人がいるだけで心は軽くなる。ダンガといるとき以外のわたしは、心も体も、重い。自分に関するものごとをすべて重く考え、いちいち人につっかかって、小さな問題を起こし、起こしたら起こしたで考え過ぎて、壊れそうだった。もう、こういうのはやめたい。どんどん自分がすり減っていく。そうやって醜女になっていく。わたしはわたしがきらいだ。全身全霊でわたしはわたしがきらいだ。最終的に自分のすべてを否定するまでに至る。こういうことが何度繰り返されても、馴れることなく毎回同じようにわたしはとても苦しい。でも、泣きたくても泣けない。

そしてそういう時、わたしは無性に書きたくなる。そういう泥にまみれた感情をひとつ残らず文字にしたいと思う。その欲求に突き動かされ、ひたすら書き続けているときに、わたしは自分をちょっとおかしいと思う。ダンガはそういうわたしのことも愛しいものを見つめる眼でそっと見守り、放っておいてくれる。

二時間ほど経っただろうか、わたしは立ち上がり、リビングで自分のノートパソコンと向き合うダンガの横に座る。このところは、脚本を書き、自主映画の編集を日々やっているようだった。座るダンガの斜めうしろに立っても、ダンガはわたしの気配に気がつかない。ひたすらにキーボードを叩いている。感じたことのないような、熱気というか鋭いオーラのようなものをダンガは放っていた。わたしは、それを体で感じて、ぞくぞくした。心が歓喜に満ちていることを感じた。すこし経って、「落ち着きました」と言うと、また今度は鋭い目線を一瞬わたしに向け、すぐ緩んだ目元に変化させて「それはよかった」とやさしい声で言った。

「脚本、書いてるの？」

「そうだよ。浮かんでくるんだ。自分の内側から言葉や情景が次から次へと。自分自身が今、とんでもなく書ける雰囲気なんだ」

わたしは言葉を発さずに微笑み、頷いた。

「僕がこんな風に書かずにいられなくなることなんて、奇跡みたいなものなんだ。だけど君はずっとこういう状況を保ち続けているんだよね」

「狂ってるのよ。奇跡みたいなうつくしいものじゃないわ。永遠に書くことから逃れられないの。その状況がわたしには必要なんだけど、やっぱり苦しい。でも悲しいけど、書くことしか、わたしには、ないのよ」

「わかっているよ。でも君がどう思おうと、君は素晴らしいんだよ」

「わたし、ほんとうに別にたいしたことないの。人が、わたしのことをすごいすごいって誰かが言う度に、ものすごく違和感を感じてる。それもほんとうに苦しいことに思う時がある」

「君は、完璧を求め過ぎだよ」

不意に後頭部をレーザーで一突きにされたみたいに、こんなにシンプルな言葉に、わたしは頭が混乱して、自分を見失った。

「いままでずっとそうしてきたから、よく、わからない」

「だけどぼくは、そういう君も愛しいんだ。書くことに支配されているかのように小説を書く君も、小説に対して感情的になる君も、ラウラという自意識の中で生きていることも、なにもかもが愛おしいんだ」

喉の奥を締め付けられた感じがして、わたしは瞬間的に涙を予感した。そして、わたしは泣いた。嬉しくて、かなしくて、どちらもほんとうのことで、泣いていた。

わたしたちはほとんどのことを忘れてしまう。倒れ込んだり、また起き上がったり、感情の波にうんざりして、でも向き合うしかなくて、そうやってまた同じことを繰り返す。

14

その件については、わたし自身がすっかり忘れてしまっていた。やっと実現されたときには、かえって面倒に感じたほどだった。

「なんだか誘っていいものか、迷ってしまって。ラウラさん、こういうの好きじゃないんじゃないかと思って」目の前に座った年かさの女性編集者の言い方がやたら癪に障るので、わたしは適当にうなずいた。

明らかにタイミングを外した長谷川との食事会は、長谷川とわたしだけではなく、長谷川の上司にあたる女性編集長と入社二年目の女性編集者、連載のファッション誌の担当女性も加わった五人で西麻布の割烹料理屋で行われた。

長谷川から、「遅くなりましたが、連載小説の脱稿を記念して食事会をセッティングさせていただきました。せっかくの機会ですので、私の部署の編集長、後輩、連載担当者もお連れしようと思うのですがいかがでしょうか」というメールが来たとき、わたしは「遅っ」とつぶやいた。親睦を深めたかったのに、執筆が終わってからじゃ、しょうがないじゃん。よっぽど長谷川はわたしと二人きりで食事をするのが厭で厭で仕方なかったんだろう。勝手に誘うんじゃねえと言ってやりたい気持ちを抑えて、「了解致しました。よろしくお願いします」とだけ返信した。

よく知らない人と食事をするのは苦手だったけれど、二年目の編集者と連載担当者と、最近読んだ小説がとても良かったという話で盛り上がってから、緊張と警戒の糸がほぐれて、その会を楽しみ始めていた。コース料理が次々に運ばれてきて、わたしたちはビールや日本酒を飲んだ。

長谷川は滅茶苦茶酒を飲む男だった。最初はかしこまっていたものの、ものすごいハイペースでお酒を流し込んでいくと、いつものこわばった顔は溶けてなくなって、笑顔がこぼれ、そしてよく喋った。これほど積極的に楽しそうにする長谷川は初めて見た。あまりにも今までのイメージとは違うすがたのそれを見ていると、嫌悪感を抱くどころかこっちまで楽しくなってきてしまう。長谷川にこういう楽しい一面があるのだということが嬉しかった。わたしは、長谷川を好きになりたかったのだということに初めて気がついた。「長谷川さん飲みっぷりがすごいですね」と興奮気味に言うと、「そうなんですよ。お酒めちゃめちゃ好きで」と言葉もくだけていった。男性が彼一人だったこともあり、最初の話題は長谷川に集中し、「長谷川さんって彼女いるんですか？」と連載の担当者が聞くと、「いますよ」と答えた。「どんな人なんですか？」と話はどんどん盛り上がっていく。二年付き合っている年下の彼女がいるらしい。彼女がもうすぐ二十九歳になるらしく、二十代のうちに結婚をしたいと言われていて相手の両親からも追い込みをかけられていると笑いながら話した。いつか結婚はしたいと思うのだが、なかなか踏ん切りがつかないのだと言った。

どうやら編集者というものは、隠すことなく自分の恋愛話を語ってくれるものらしい。神野さんもよく彼女の恋の失敗談を面白可笑しく話してくれた。こういう時わたしはいつも聞いてばかりで、自分の話は頑にしないことを申し訳なく思う。

よそよそしさを脱ぎ捨てていく長谷川を見るのは、とても嬉しかった。

食事会は長谷川の話、女性編集者たちの恋愛話、連載のわたしの文章の好きな箇所という話題で盛り上がった。会が終わるころには、心地よい連帯感が生まれていたほどだった。でも、わたしのプライベートな恋愛についてはは誰一人触れることはなかった。それについては、タブーのようになっていた。

割烹料理屋を出ると、編集長が、「ここからすぐ近くにわたしがよく行くバーがあるから、そこに行きましょう」と言ったので、みなそれに同意しついていった。そのバーはほんとうに目と鼻の先にあった。

編集長が親しげにスタッフと話しているのをうしろで見守りながら立っていると、ソファ席へと案内された。

バーというよりも、くだけたホテルのラウンジといった雰囲気で、バーカウンターの他に広いホールにたくさんのソファ席があった。カップル、女子会の二次会らしき女性たち、仕事終わりの経営者風の中年男性たちなどで賑わっていた。ぞろぞろと移動しながら、その中でもどぎつい服装で異彩を放つわたしを含んだ、見た目に統一性のない集団は客の視線を集めた。

ソファがちょうどいい柔らかさで、わたしたちはくつろぎながらお酒を飲んでいた。何杯ずつか飲んだあたりで、わたしはそろそろ帰りたいなと思った。

時間も深くなるにつれて、わたしたちの小説談議も深くなっていった。数々の作品名が飛び交い、それぞれが小説への熱い思いを語った。賛同や反論を交わしながら、誰もが真剣で刺激的な時間だった。

「ラウラさんは、ほんとうに素晴らしい小説家だと思います」と連載担当が言ったのをきっかけにみながわたしの作品について話し始めた。

「三作目の、初めて彼女の人格が違うときに彼に会うシーン。あそこが秀逸だった」

「私もあのシーン大好きです！　それから、彼が追いかけてきて、理解できずに発狂するシーンも殺伐としていて隙がないですよね」

「そしてなんといってもデビュー作の衝撃といったらなかった。デビュー作があれだけ話題になったのに、二作目も三作目も期待を裏切らない完成度だったから、ほんとうにうなったわ」

わたしはひたすら「ありがとうございます」と言いながら答えに困っていた。

「『骨を食べる』は、やっぱりすごかったよね。間違いなく純文学界に走った激震だった。発想がほんとうに今までになかったし、とにかくラウラさんの存在がヴィヴィッドだった」

「わたしはファンタジーが織り交ぜられたのも新鮮でした」

二年目の編集者が話し始めたとき、視界のはしにトイレから戻る長谷川のすがたが映った。

「ぼくのいないところで『骨を食べる』の話をしないでください」

勢いよくどかっとソファに腰を落としながら長谷川が強く大きな声で言った。空気が一瞬にしてはりつめた。

「『骨を食べる』はとにかく無我夢中で書かれていましたよ。なにもかもをかなぐり捨てて、思いっきり書き殴っている文章には異常な力強さがあった。以降の二作もなかなかよくできていましたし、連載も人気はありますけど、なんだろうな、今ひとつ不要な自意識を削ぎ落としきれていないというか。普通なんです。ぼくは小説家ラウラの作品があれではつまらないと思います。ラウラさんは一生デビュー作を超えられない」

体が震えていた。

わたしの体全体が小刻みに、でものすごい速さで痙攣《けいれん》しているように感じた。急に皮膚の表面の体温を奪われたような感覚に苛まれ、生毛が立っていた。そしてわたしの中心から込み上げてくるぐつぐつ煮えたぎった赤黒い塊《かたまり》が激しく飛び出そうとしていた。

まわりの音が消え、自制心は彼方に去った。気がついたときには長谷川に摑みかかっていた。

「いい加減にしろ！」

次の瞬間には左のエラのあたりを拳《こぶし》で殴っていた。そのままソファから落ちた長谷川に馬乗りになった。驚く長谷川と目が合って、わたしはもう一度、今度は鼻を目がけて拳を振り落とすと頬に当たった。こんなひょろひょろな腕っぷしでも当たった。人を殴ったのは初めてだった。手に痛みなんか感じないし、殴ってしまえば意外とたいしたことではなかった。編集者たちが「やめてください！」と叫んでいた。編集長が「長谷川くん謝りなさい！」と言っていた。

「何すんだよ！」と言いながら長谷川はわたしを両手で押し出し、その拍子でわたしはバランスを崩しお尻をテーブルにぶつけた。わたしは悔しくて、痛くて、またすぐに立ち上がって向かっていった。

「言いたい放題言いやがって！　じゃああんたが書いてみやがれ！」

じゃあなんで何も言わないのよ、ふざけるな、つまらないと思ってるあんたがなんで本にするのよ、そう叫んでいるつもりだったが、ちゃんと言葉になっているかは定かではなかった。「馬鹿にするんじゃねえ」と絶叫した時、喉が切れるかと思った。

また向かっていくわたしの腕に二年目の編集者の手が触れた。そこでわたしたちが人に見られていることを自覚した。

それでもまだ怒りに全身が震え、立っていることができなかった。

流れるように荷物を取って店を出た。連載担当者が、「ほんとうにすみませんでした！　手、大丈夫ですか？」と訊いたがわたしは答えられなかった。「また明日、必ずご連絡いたしますので。このような事態になってしまって今日はほんとうに申し訳ありませんでした」と続けた。自宅まで送ると言われ、一緒に乗り込まれそうになったが、「ひとりで帰れます」と低い声で断った。わたしはそのまま目の前に止められていたタクシーに乗り込んだ。わたしはほんとうに人前で恥ずかしいことをしたと思いながら、まだ混乱したままの頭で窓をあけた。車内に舞い込んでくる風が冷たかった。わたしは完璧に傷ついていた。

家に帰ると、ダンガは小さな寝息をたてて眠っていた。

ここまで酷い出来事は初めてだった。わたしはとてつもない悲しみと怒りがおさまらないまま気持ちを一体どこにやったらいいのかわからず、体の震えが止まらなかった。タクシーの中で流した涙が乾いて、頬がぱりっとして痛かった。

このへどろをすべて流さなくては。拳に残る皮膚の脂っぽさ、不快な臭いを一刻も早く洗い流したかった。シャワーのコックをひねり、冷たい水が温かいお湯になるのを待つ。裸になってシャワーに打たれながらいつまでもタイルに座り込んでいた。

「おかえり」

起きてきたダンガがバスルームのドアの向こうで呼んでいるのがぼんやり聞こえる。何度呼ばれても答えないでいるとシャワーの音だけが力強く鳴っていた。すぐに扉がゆっくり開いた。

「どうしたの！」

わたしは悔しくて悲しかった。こんなことが起きてしまう自分の人生を憎んだ。ダンガはシャワーを止めて、バスタオルでわたしの体を覆った。

「長谷川を、殴ったの」

「え？　君が？　殴ったの？」

「そう、殴ったの。拳で。あいつ、今やってる連載は、普通だって、よくないって。わたしは一生デビュー作を超える作品を書けないって、そう言ったのよ」

「なんだよ、それ」

「わたし後悔してない。そうするしかなかった。それに、もうわたしほんとうに傷ついてしまった。わたしは、『骨を食べる』を超える作品は書けないんだって、一生」

ダンガはものすごく強く、わたしの体が折れてしまいそうなくらいの力で抱きしめた。後頭部をがっと片手で掴むようにして体ごとわたしを包み込んだ。

「大丈夫、絶対に、大丈夫だから。僕はそんなこと絶対に思わない」

涙が勝手にあとからあとからこぼれた。なんでこんなことが起きてしまったのか、なんのためにこんな気持ちにならなきゃいけないのか、理由がわからなかった。意味なんてなにもなくて、馬鹿みたいだと思った。


翌日、編集長から電話があった。

「この度は、長谷川が取り返しのつかない失言をしてほんとうにすみませんでした。長谷川も連れて、直接謝罪させていただけますでしょうか?」

「あの人には、二度と会いません」

とても乾いた声が出た。電話口で、鼻から息が漏れる音がした。

「わかりました。無理もないと思います。ですが、長谷川は連れて行きませんので直接謝罪には伺わせてください。実は、さっき連絡があって、あの場でのことが週刊誌の記事になってしまうんです。

そのことについてもお話しさせていただきたいので、今日のどこかで時間をいただけないでしょうか?」

「記事に、ですか」

「はい。今週発売号です」

「では、十六時でいかがですか?」

近所のカフェに出向くと、編集長は隣に二年目の編集者を連れて待っていた。わたしを見つけると二人は立ち上がった。

「この度は申し訳ありませんでした」と深々と頭を下げられ、菓子折りを渡された。ラデュレのマカロンだった。わたしもなんとなく少しだけ頭を下げた形になり、そのまま椅子に座った。

「昨日はほんとうにすみませんでした。長谷川の態度は、ラウラさんを怒らせて当然です。長谷川は編集者として絶対に言ってはならないことを言いました。申し訳ありません。私も同じ場にいながら、非常に情けなく思います」

「わたしが、あの人から受けた侮辱は一生消えることはありません。場を荒らしたことはすみませんでした」

二年目の編集者が一緒に頭を下げていた。

わたしは疲れ果てていた。もう奴の名前なんか聞きたくなかった。

「連載についてですが、彼女にラウラさんの編集担当を引き継いでもらおうと思います。彼女は編集者としては新人ですがとても優秀ですし、ご安心いただけると思います」

「よろしくお願いします」

二年目の編集者が深くおじぎをした。

「連載は今まで通り掲載させていただきたいのですが、いかがでしょうか」

「最終話までの原稿はお渡ししていますし、あとは校正ゲラのやりとりだけですので、連載は今まで通り掲載していただければと思います」

「ありがとうございます」

編集長が唾をごくりと飲み込み、隣の編集者はさらに体を硬直させた。わたしは次に自分にやってくる問題と対峙する心を準備した。編集長がプリントアウトした紙をテーブルに差し出した。

「それから、これが週刊誌に載る記事です」

「編集者を殴る暴力女！　若手カリスマ小説家の知られざる正体」

大袈裟で派手なタイトルが太いゴシック文字ででかでかと書いてあった。

記事本文には、泥酔したわたしが担当者である被害者の些細《ささい》な一言を勘違いして、怒った末に殴ったと書いてあった。被害者は鼻の骨を折る大怪我をしたと書いてあったけれど、実際に鼻を殴ろうとしたのは事実だったが、試みただけで実際には殴っていない。わたしがそのとき殴ったのは脂っこい頬だ。

「真実はどこにも書かれていませんね」

「すみません。書かれたものを修正することはできないようでして」

「止めることはできないんですね？」

「ほんとうにすみません」

「読んだ人々は嘘を信じることになるんですね」

「すみません」

一方的にわたしが悪く、醜悪《しゅうあく》なヒステリー女として書かれていた。これが世に、出てしまう。

発売されたらその週刊誌を家まで送ってくれるよう頼み、わたしはカフェを出た。店を出たときに、もらったマカロンを持って帰るのを忘れたことに気がついた。

担当者に自分の小説を侮辱されるなんていう屈辱は、馬鹿馬鹿しくて、ほんとうに恥ずかしかった。よっぽど面白いネタだったのか、ネットニュースには思っていたよりも広まってしまった。わたしは着々と世の中に誤解されていった。実際に自分がこのような経験をしてみて初めて、今までわたしが目にしてきたこういう類のニュースはほとんどが脚色されていたり、ねつ造されているものなのではないかということを疑った。真実なんてきっとどこにもないのだろうと嘆くしかなかった。

「全然一ミリも後悔していないんで」

神野さんが電話口で小さく息を吐いた。

「大丈夫そうでよかった。声聞いて安心したわ。事情はわかった。それはね、もう十発殴っておくべきだったわね」

「ほんとうですね。自分で選んだことに後悔なんかしたくないんですけど、神野さんから一度離れようと思ったのが正しかったかは、わかりません」

「ほんとうに傷ついてしまったと思うし、大変な思いをしたと思うけれど、あなたにとって、ひとつの重要な経験になったわ。確かに『骨を食べる』はすごい作品だと思う。でも二作目も三作目もあの時のあなたにしか書けない素晴らしい作品よ。それは胸を張ってそう言えるわ。それに、どこで書こうが離れるなんてことはないの。私はいつでもあなたの担当編集者でしょ」

「ありがとうございます。正直、なんだか奴に核心を衝《つ》かれたような気にもなってしまったんです。どの作品もわたしだって自信を持っていい小説だと言えるけど、一瞬惑わされてしまいました」

「なんだか異常な執着よね。もしかして、奴も書いていたのかも知れないわね、小説」

「あいつが小説を。考えもしませんでした。わたしにとってはどうでもいいことですが。それにしても、世の中にただの頭のおかしい女だって思われてると思うと、それも納得いかないんです」

「そうね。私も悔しいわ」

「わたしこのまま黙っているなんて厭なんです。間違っていることを間違ったままにするなんておかしいですよ。絶対にわたしの手で真実を明らかにします」

「そうね、そうするのがいいわよね」

「必ずやります」

「スキャンダルもパブだものね。皮肉だけどこれでまた今までの作品が売れるし、この事件を書いた作品も注目を集めるわ」

「どうしてこういう目に遭ったんでしょうか」

「今はつらいと思うけれど、自分が間違っていないと思うんだから、それを書けばわかってくれる人が出てくる。だからこんなこと、たいしたことじゃないと思いましょう。立ち止まってしまうあなたの時間が惜しい。自分が間違ってないと思うことはきっと間違ってないことなのよ。いつかすべて明らかになるの。あなたの手でね」

「はい」

「そのときは、また一緒に考えましょう」

「神野さん、ほんとうにありがとう」

「何言ってるの。これが私の仕事なんだから」

神野さんは照れくさそうに言った。


あと二号分で連載は終わる。人の注目がいつも以上に集まっている今、しっかり連載を終えて、今までの原稿をまとめて手直しをして、すぐに本にする。わたしはこの最中に、出来るだけ早く小説を発売したいと新しい担当者に伝えた。

15

騒動の渦中に、わたしは二十二歳になった。

誕生日はいつも無条件にわくわくした。二十二歳は、なんとなく二十一歳よりも、好きだと思った。

日付が変わると、ダンガが家のどこかに隠していたオレンジ色の小さな花束をくれた。その花が何と呼ばれている花なのかわたしは知らなかったけれど、部屋は青々とした香りに包まれ、そんなことをしてくれるダンガが愛しかった。

当日は豪勢に蟹を取り寄せて鍋にした。外で食事をしたりして、見知らぬ人たちに「おめでとうございます」と言われるのはあまり好きではなかった。

食後にはわたしが好きだと言っていたケーキ屋のホールのショートケーキがローソクの火を飾られて出てきた。ダンガが買いに行ってくれたのだった。以前そのケーキの話をしたときにはダンガはその店のことを知らなかったたし、場所を説明してもわからないと言っていた。自ら調べて店に出向き、ケーキを買っているすがたを想像したら、わたしはまたダンガが好きで好きでたまらないと思った。

そして、ダンガはもうひとつ黒い紙袋を差し出し、それを開けると、中にはクロムハーツのクロスリングが収められていた。出会ったときにダンガがしていたような太めのシルバーリングだった。それはちょうどわたしの中指にしっかりとはまった。「君がいつまでも攻撃性を持ったまま、君の夢が叶い続けるように。このリングは君の中指に」という小さなメッセージが添えられていた。わたしは右手の中指にはまったリングを見ると、そのまま笑って中指を立ててみせた。

「最後にこれ」

そう言ってメッセージカードをわたしに渡した。

「僕の愛する人。君と、君の生まれた日を一緒に過ごせることを一体誰が想像しただろう。僕は、今でも君との毎日は夢のようだと感じます。君みたいな有名な小説家がどうして僕をこんなに想ってくれるのだろうと、心から幸せに感じながら僕は君を想っています。最初にあの店で君の目の前に座った僕を受け入れてくれてありがとう。僕は君に出会う前から君のことが好きだったけれど、ふたりだけの時間を過ごしていって、家庭的なところ、可愛らしいところ、小説家としての君のときには見えない顔を見ていくうちにどんどん好きになっていきました。僕の顔をとても好きだと言ってくれた。あまりしゃべらないところが好きと言ってくれた。僕のために小さな物語を書いてくれた。数えきれないほどの素敵な言葉をくれた。君の愛が伝わるほどに、心が癒される感じがして、もっと君のことを大切にしたいと思うようになっていった。ほんとうに人を好きになったのは君が初めてだったから、今でもどのようにしたらいいのかわからないこともあるけれど、僕のすべてで君のことを想っています。君と出会って僕の世界は変わったんだ」

最初の一行でもうだめだった。読みながら涙が溢れて止まらなかった。「ありがとう、ありがとう」と何度も声にならない声で言った。ダンガも泣いていた。「どうして泣いてるの？」と聞くと、「涙が出るくらい君が好きなんだ」と言った。こんなに胸を締めつけられたことがあっただろうか。こんな風に想われたことがあっただろうか。わたしたちは、ほんとうに、満たされていた。幸せだ、と言うことに抵抗があったし、幸せという言葉がわたしは嫌いだったのに、わたしたちは絶対的に幸せだった。

次の日も、また次の日も、わたしは貰った手紙を読んでは、泣いた。

ダンガは週のほとんどをわたしの家で過ごすようになった。家にはダンガの洋服が置かれ、靴が置かれ、鞄が置かれた。時にはダンガの服を借りて出掛けた。生活を共にすることでまたわたしたちはお互いを認め合った。

ついに送られてきた週刊誌をダンガの前に差し出した。

「あのときの記事」

ダンガは目を通し週刊誌をテーブルに置くと、わたしに近づき抱きしめた。小さな力強い声で、

「大丈夫」

そう言った。わたしはただ頷き、暫くの間抱き合っていた。それはたったの三十秒だったかも知れないし、十分だったかも知れないが、いずれにしてもわたしには時が止まったかのようにとても長く感じられた。もうわたしはダンガの中で泣く必要なんかなく、ダンガの力強い言葉を反芻しながら一

方的にうなずいていた。

わたしのほうから体を離した。最後に触れ合っていた両手をなめらかに離すとダンガはわたしを眩《まばゆ》いものを見るような眼で見つめた。

「こんなもの捨てるわ」

わたしはそう言ってゴミ箱へ投げ捨てると、自分の眼の前からそのことについてをかき消した。

「君に観て欲しいものがあるんだ」

「もしかして、」

「編集がやっと終わったんだ」

「すごく観たい」

ダンガの自主映画は、エキセントリックな音楽とともにモノクロで始まり、画面にエフェクトがかかったり、急にカラーになったり激しい音楽とともに導入から激しい展開を見せた。今まで自分の中に溜め込んできた、映像へのフラストレーションがオープニングから爆発していた。急に音が止まり、オープニングが一方的に終わると、そこからはほとんどセリフはなくて、キャストの男女二人が見つめ合ったり、傷つけ合ったりしていた。衝撃的なシーンでぷつんと終わると、オープニングとはうってかわってエンドロールは静かなクラシックが流れた。

欲目で観たわけではない。絶対に、神に誓って欲目ではない。映画は、狂気と理性の間を無我夢中に暴走しているようだった。モノクロの映像が目に飛び込んでくるとすぐに、それがダンガが作ったものだということを忘れた。まばたきするのが惜しいとさえ思うほど、眼に飛び込んでくる色の数々やダークなのに強いコントラストにより派手さを感じるライティング、俳優たちの美しさ、効果的に一方的に断ち切られる形で切り替わるシーン構成、そこにぴったり馴染んで乗っかっている音楽、なにもかもが真新しかった。そういう新種のエネルギーの塊みたいな映画だった。この人はきっと、何かを起こす。少なくとも誰かの記憶に残るような人物になる。そう感じた。

「才能が爆発してる」と言うと、「僕も、そう思う」と言って笑った。

「きっと、今に何かが起こるわ」

「うん。この映画を以てして、僕に何も起こらなかったら、この世界はほんとうに絶望的だと思う」

16

持っている中で一番分厚いウールのコートを着て出掛けてもまだ寒いくらい、東京の冬は冷たかった。わたしはこのところ毎日のようにひとりで朝からカフェへ向かう。頬に冷気が刺さって気持ちがよくて、眼球を覆っている涙の成分が冷たく乾いた空気に触れるので、目を閉じる度にひんやりとして何故だか切なくなった。それでもわたしは立ち止まってその切なさの理由を突き止めようとはしないで、たとえ見知らぬ誰かとすれ違ったとしてもその顔を見ることもせず、ただ真っ直ぐ前を見つめて歩いた。

カフェで執筆するのが最近のお気に入りだった。三、四時間滞在して、気分が乗ったら別のカフェに移動したり、時には家に戻って作業の続きをしたりして、文章の直しの作業を繰り返していた。一年分の連載をひとつにまとめてみるとかなりのページ数になったので、余分なものを削ぎ落とし、改善の余地がある文章を修正することが必要だった。わたしはとにかく連載をまとめて早く本にして出版したかったので、作業は急ピッチで行った。わたしは毎日集中していた。とにもかくにも早く本にしたい、それが大きなモチベーションだった。本を出版して、この出版社との関係を終わらせたかった。わたしが次へ進むためにはそれをしなければならないとわかっていた。

わたしは小説に生かされている。

どんなネガティブな感情も小説の中でうつくしい才能として変換できる。言葉を使って、感情を排出して生きている。だからわたしは小説そのものに生かされているのだと思うのだ。

担当者のアドヴァイスをほとんど貰わないまま校正が終わった。文章を最後に読んで確認し、物語が完成したことを悟る。わたしはまずこの瞬間に自由になって、着ている洋服を全部脱ぎ捨てたみたいに気持ちがよくなる。一瞬のこの達成感を感じたくて、とくに校正の終わりの方はひたすら没頭して添削、修正し続ける。装丁は、今作に関してはとにかくシンプルにすることを希望した。真っ青な本にしたい、そう思い、ロイヤルブルーのグロス紙にシルバーの箔の型押しでタイトルを入れた。

本が出来上がったとのことで、担当者がまとめて持ってくることになった。家に来られるのは嫌いだった。担当者は、これまでにも様々なタイミングで家まで伺うと言ってくれるが、基本的に家で執筆することが多いために自ら理由を作らなくてはほんとうに外に出なくなってしまう。ずっと家にいると息が詰まるし、人間としての正常な機能に影響が出てくる気がする。閉め切った部屋に居続けると部屋の中が酸欠になっているようで呼吸が苦しくなる。だからわたしは外出する理由が欲しい。

約束のカフェで本を貰った。出来上がった本を見ると、それはとても愛らしく大切にしたいと思うような息吹が感じられた。愛しいのにこれからすぐにわたしの手から離れて、どんどん遠くにいって誰かのものになってしまって欲しいという願いが後から込み上げてきた。目の前のつややかな真っ青の新しいわたしの作品は凛《りん》として、堂々と立派な本として存在していた。わたしはまた素晴らしい小説を世に送り出すことを喜び、その自分を褒め称える。

出来上がった小説の表紙には「美しくてとても醜い」というタイトルが書いてあった。

やっと出来立ての本をダンガに手渡しできる。ダンガは喜んでくれるだろうか。この特別な儀式にダンガは感動してくれるだろうか。

小説が出来上がってしまうと、出版前ギリギリまで粘っていた小説に対する執着と言えるほどのこだわりを、あれは一体なんだったんだろうと、いぶかしく思う。出来てしまうと、もうなにも修正はできないし、もう、それで世の中に出るということは変えられない。文章が出来上がるまでにわたしは何度も何度もわたしの小説を最初から最後まで読む。暗唱してしまうほど読む。本が出来上がったら、わたしはその本を神聖な気持ちで手に取り、一度だけ読むと、もう二度と読んだりはしない。冒頭の三行を読んで確信する。新しい作品こそ、今のわたしだ。

「小説、出来上がったの。これ」

「うわあすごい。嬉しいな。貰っていいの?」

「もちろん。あなたに、一番に渡したかった」

ダンガはまたいつかのように、眼の中をしっとりとさせて、

「ありがとう。君の手から、まだ世に出る前に貰えるなんて、なんだかすごく不思議だよ。ゆっくり読ませてもらうよ。ものすごく嬉しい」

「よかった」

ダンガは、とてもシンプルな表紙を眺め、つるつるした紙を触りながら、

「綺麗な青。ほんとうにいい本だ」

「ほんとうに」


気になってはいたのに、忙しくてそういう余裕がないということにしていて、少々の面倒臭さもあってついまたマナの方から連絡がくるのを待っていた。ある期間を過ぎてしまうと、もう、なんとなく連絡をとらなくても何ら問題はないことだと思い、時間が経ってしまっていた。だから、久しぶりにマナからメールが来たときは、嬉しい気持ちと懐かしさとで気分が高揚したし、ちょうど本も出来上がって落ち着いていて、とても会いたくなった。

マナはこんな声をしていたのか、こんな顔をしていたのか、こんな身振り手振りをしていたのかと、目の前にマナがいても、マナ全体の輪郭を摑むまでに多少の時間を要した。マナはシンプルなAラインのワンピースを着ていた。なんだか華やかな印象をおぼえた。「マナ素敵だね」と言ってみると「ありがとう」と同意を込めた返事が返ってきた。何でもない話をしながら、馴れてきた、と感じた

ところで気がついた。

なんか、目が、変だった。マナの目が奥二重から、二重になっていた。わたしはとても面白くなった。やってくれるじゃない。このところいつも自信がなさそうにしていたマナを見直した。はじめはあまり目ばかり見てはいけないのかと思い、でも流石に多少目を見ないことには逆に不自然だと思い直し、目を見ては逸らす、そんなことを繰り返していたけれど、見ていると、ほんとうに馴れてしまうのだった。しっかりメイクをし、はっきりとした顔をした当の本人は、いたって自然に振る舞っていた。間違いなく、かつてのマナよりも雰囲気が格段によかった。マナは真っ直ぐわたしの目を見ている。


「読んだよ！」

「もう読んでくれたの？　ありがとう」

「ちょっとありがとうじゃないよ、なんなのあの記事は、殴ったの？」

マナは出たばかりの新作のことではなく、週刊誌のことを言っていた。

「遅っ。もうそんな話忘れてたよ」

「思いっきりネットニュースに出てたよ」

「それ、もう結構前に出たやつなんだよ」

「え？　じゃあもう大丈夫ってこと？　あたし、すごい驚いたんだから」

「うん、もう大丈夫。殴ったのは、ほんとうなの」

「え？　ほんとうに殴ったの？　あたし、殴ったことも絶対嘘だと思った」

「残念ながらね。記事ではわたしが酒に酔っていきなり殴ったみたいなことになってるけど、あれは違うの。小説のことを中傷されてちょっと許せなくて」

「やっぱりね、なんかあの記事悪意があると思ったんだよ。よくやったよね」

「そうだね、後悔はしてないから。和解もしてないんだけどね」

「そう、殴ったっていうのは驚いたけど、なんだろ、ラウラらしいよ」

「マナこそ、なんか、雰囲気が明るくなった感じがする」

「そうなの、わたしね」

「うん」

「あたしさ」

「うん」

「彼氏と別れたの」

想定していた二重に関することについての答えとは、まったく違うものだったけれど、それも随分と驚かされるものだった。

「え？　あの彼氏だよね」

「そう。なんか急に別れようって言われたの」

「え？」

「それまで、ほんとうにいつも通りでね、予兆なんかなにもなかったの。前の日の夜も一緒に寝てたし。でもね、朝起きて、急に言われたの。もう、あたし訳がわかんなくて、最初冗談かと思ったくらいだよ。でも、本気なわけ。で、理由を聞いても、小さな出来事を積み重ねてしまったんだよって言うだけなの。他に好きな人が出来たわけでもないしきみのことをきらいになったわけでもないんだって言うの。あたし、説得したよ。それならまだうまくやっていく可能性はあるじゃないって言ったの。でもそれは難しいと思う、の一点張り。それから話し合いが続いたんだけどね、べつに結婚してたわけでもないのに、別れるときって、ほんとうに大変だよね。相当なエネルギーをむしりとられた。話し合いっていうか、お互いに説得を毎日のように続けるんだけど、もうだんだん体力勝負みたいになってきて、あたしは絶対に諦めるもんかって思ってたから必死だったんだけど、相手を説得するのってほんとうに、大変。あまりにも何日も何日も繰り返してて、もうあたしも疲れちゃって、だんだんね、眠いし話すのも結局は同じことの繰り返しだし、結果的に、めんどうくさくなっちゃったの。それでふと思ったの。あれ？　この人のこともう好きじゃないかも、って。もうあたしは眠りたかったのよ。ゆっくりと、心ゆくまで眠りたかったの。それであたしも、別れようって、言ったの。それまで、彼としては、あたしは絶対に折れないと思ってたと思うから、いきなり別れようって言った時は目を丸くして固まってたよ。で、もう一回、大きい声で言ったら、ものすごく、蟻が喋ってるみたいな小さい声で、うんって言ったの。それで、終わり」

「終わり」

「いきなり彼にたいするこだわりがね、ぷつんって、なくなっちゃったの。で、その日に家の解約手続きして、部屋を借り直したんだ」

「怒濤の展開だね」

「自分にこんなに行動的なところがあったなんてびっくりしちゃった」

「もうまったく、寂しくないの？」

「そりゃあしばらくは寂しかったよ。だって毎日彼と一緒に寝てたんだし、二人で生活してたわけだから。それは寂しかったよ。ひとりで寝るのがつらくてつらくて、夜ってとくに寂しいし、不安になるし、色々と考えちゃうじゃない？　あたし考えるのほんとうに苦手なんだよ。だから、夜はとにかく出掛けてたの。毎日出掛けてた。それで、ある一定のところを過ぎるともうたぶんあたし大丈夫だなって、自分でわかるタイミングがあるの」

「うん」

「そう思わない？」

「うん、わかるわかる。じゃあ今はひとり暮らしを、楽しんでるのね？」

「ううん」

「ん?」

「新しい彼と住んでるの」

またもや予想外の言葉が返ってきて呆気にとられてしまう。わたしはマナの新しい二重まぶたを見ながら、前の目ってどんなかんじだったっけ、と思い出そうとしていた。この人はほんとうに、実際は、わたしなんかよりもずっとたくましいのだろう。

「ちょっと、あんたすごいね、まったく」

「ほんとだよね。あたし、すぐ一緒に住みたくなっちゃうみたいなの」

「どこの誰よ」

「年下なんだけどね」

「年下?」

「みっつだけだよ」

「みっつってことは十代? 若くない?」

「十九歳だよ。夜出てたときに出会ったの。とりあえず、かっこいいのよ」

「かっこいいの」

「うん」

「呆れないでよ」

「呆れてないよ」

「こんな風にしかできないのが、あたしなの。結局まあいっかって、流されていくだけなの。そういうのの繰り返しなの。でも、それも、あたしらしくていいかなって思うんだよ」

マナの話に頷きながら、マナはどうして二重にしたのかということばかり考えていた。目線を下に向ける度に、二重の部分の瞼が糸でまだつっぱっていて不自然だったけど、マナは目を逸らすことなく、いつものようにしっかりとわたしの目を見て話していた。

どさくさに紛れて、わたしもね、彼がいるのよ。と言うと、言ってよね、おめでとう、ああよかったと、一瞬興味を持っているような反応を見せたけど、早口で言葉をたたみ掛けると、あっけなくその話については終わった。

わたしに観せた自主制作の作品が評価され、映画の監督助手の仕事が決まり、ダンガは家をあけることが多くなった。わたしはダンガへの監督助手の依頼に、当たり前だ、この才能を見逃すわけがないと思った。ダンガが家にいなくても、来なくても、わたしはちっとも寂しくなかった。わたしのことは、気にもしないで、映画を撮ることをダンガの最優先事項にして欲しい。彼の中で、わたしが一番になることを、わたしは望んでいない。

それでもダンガがわたしのことを、ほんとうに好きだということが痛いほどわかって、わたしの日々は大きな雲の上で空にぷかぷか浮いているような安心感の中で成り立っていた。

今日で丸三日間、連絡をとっていなかった。お互いに電話もメールもしたりしなかった。しなくても、平気だった。いざ電話で話してみてもとくに話すことはなくて、あっちの撮影の状況を聞いても、わたしはそうなんだ、すごいね、大変だね、がんばってるね、と言うことしか出来なくて具体的な話を聞いても、わたしはあまり面白くなかった。

打ち込んで打ち込んで、わたしのことをあまり大切に出来ないくらいに、打ち込んで欲しかった。そうでもしない限り、ダンガが目指すべき場所には行けない気がした。好きで好きでたまらないのに、それとこれとはわたしたちにとっては、まったく別のベクトルでの問題だった。ダンガの世界にいるときは、わたしのことは、すっかり、まるでいないみたいに、忘れて欲しかった。

一週間振りにダンガが家に来る。わたしは、ダンガが帰ってくる二時間ほど前から落ち着かず、部屋を片付けたり、意味もなくリビングをうろついたりしてひたすらに待ち遠しく思っていた。わたしたちは離れていても平気だったけれど、それでも実際に肌と肌が触れ合える距離で会えることをほんとうに待ちわびていたのだ。夜八時頃、いつものように、ディンプルキーで鍵が開けられ、ダンガの「ただいま」という声が聞こえた。わたしは走って玄関に駆け寄るとダンガはすこし鋭くなった眼で、わたしの顔を見つめて「会いたかった」と言った。わたしも、「ほんとうに会いたかった」と言った。ほんとうに、会いたかったのだった。ダンガに近づくと、わたしの知らないダンガの匂いがして、ほんの一瞬我に返った。わたしたちは体のどこかとどこかを絶えずくっつけて、同じ空間で過ごすときを噛み締めていた。一緒にいても、映画のことばかり考えてしまうようで、ダンガは心ここにあらずだった。わたしは、それに強く共感し、そういうダンガの挙動にうっとりした。あなたは、そうでなくちゃ。わたしのように、そうでなくちゃ。

「撮影は、どう?」

「楽しぃよ。大変だけど現場はなかなか面白い」

「すてき」

「でも、僕だったらこういう風に撮るのにとか、そういうことばかり考えてしまって、なにかともやもやしたりもする」

「うん」

「早く、自分の作品を撮りたい」

「うん」

「僕さ」

「うん」

「いつか君の作品の映画を撮りたいんだ。僕が君に夢中になった、『骨を食べる』は僕が絶対に撮りたい」


わたしはダンガが見せてくれた映画の画の色味や、カメラのアングル、音楽、空気感、ひとつひとつを思い出しながら、あんな風に、整然と、でも猟奇的に、強いコントラストで、わたしの物語をダンガが大切に現実のものにしてくれたら、それはほんとうにわたしの頭の中にある『骨を食べる』の世界になると思った。わたしはその世界を絶対に見たい。それらを実際に言葉にして言ったあと、わたしはなんども頷いた。

「『骨を食べる』の一行目を読んだときから、眼の奥の方に、映像が浮かんできたんだ。どんな風に撮るべきなのか、ほんとうに明確に浮かんだ。そこからは、君の小説の中にすっぽりと入り込んだまま、僕は頭の中で映像を作っていた。それから、たまに夢にも出てくる。その映像が。君の小説がそうだったように、今まで誰も観たことのない世界を見せられる気がするんだ。君の世界を現実にできるのは、僕しか、いないと思うんだ。他の人にはさせたくない」

眼を閉じていた。

睫毛と睫毛の間のわずかな隙間から涙が湧いて出てきた。眼を開けると、両手をダンガに向かって広げて右の首筋に顔をうずめた。悦びを噛み締めながらわたしたちは世界の中心にいた。


四作目が書店に並ぶ頃、わたしは神野さんと五作目の打ち合せを始めた。内容について、かの事件のことをどうやって小説にするのかが大きな議題となった。

「洒落たオープンキッチンですね」

神野さんが予約した白金のカジュアルフレンチレストランで、オープンキッチンを囲むカウンターに二人並んで座っていた。神野さんの匂いがした。香水ではなく、シャンプーとボディクリームが混ざった控えめな香りがしていた。神野さんの醸し出す母性とはまた違う、でもとても居心地のいい空気感はわたしを心の底から安心させた。神野さんはまるで小さな妹でも見るかのようにやさしい目線をわたしに向けていた。店員と話しながら白ワインを選ぶ神野さんの顔を横目でちらりと見ながら、わたしは深い親愛を感じる。生雲丹《なまうに》ののったとうもろこしのムースに感動しながら、わたしたちは親しみのこもった言葉を交わし合った。

「どううまく暴力事件にもっていくかですね。まずは主人公のオキュペイションを決めないと」

「私はあなたが書く小説家っていうのを読んでみたいと思うけれど」

「小説家が主人公ですか」

「前にあなた、自分と同じ小説家を主人公にするのは、あからさまに自分のことを語っているようで抵抗があると言っていたけれど、今回に限っては必然なんじゃない？」

「なるほど、頭にかすりもしませんでしたが、確かに必然かも知れません」

「たとえば、たくさんの作品をともにして一番信頼していた担当者に、あの中傷の言葉を言われるとかっていうのも面白いと思わない？」

「滅茶苦茶面白そうです！　神野さんが担当者のモデルになってしまいそうですけど」

「それ、喜ぶべきところよね。でも最終的に決別するのよね。寂しいわ」

「うん。寂しいですね。そんなことありえないですけど」

わたしたちは目を見つめ合って笑った。真夜中に丘の上を手を繋ぎながら裸足の爪先で歩いているような気分だった。お互いを大切に思っているということが肌がぴりぴりするほどわかった。

わたしたちは食事の時間だけでは物足らず、神野さんがひとりで度々訪れるというバーに移動した。そこに在ることをまるで隠しているような真っ黒なドアを開けると、とても控えめに、モダンなインテリアが黒で統一されたストイックな空間が迎え入れてくれた。神野さんもわたしも赤ワインをゆっくりと飲んだ。ワインは体じゅうに染み込んで血管をつたわって血になっていくようだった。

「あなたって、私にとってすごく不思議な存在なのよ」

「不思議な存在？」

「作品を初めて読んだとき、何がなんでも絶対にあなたと小説を作りたいと思った。もう何度も話していることだけど、こんなに毒々しい魂の塊みたいな精神をファッショナブルな女の子がスタイリッシュに書いているなんて、あなたみたいな人は他にいない。あなたってあまりにもヴィヴィッドなの。

今もそれが全く色褪《あ》せない。あなたが思っている以上に、あなたの言葉ってほんとうに素敵なのよ」

わたしは照れくさくて何も言えなかった。

「愛くるしいっていうのかしら。たったひとりの女の子が全身全霊を小説に捧げているすがたを見ると、放っておけないと思うの」

「神野さんはいつもわたしのことを褒めてくれるけれど、わたしは、自分のことが未《いま》だによくわからないんです。だからいつもどこか混乱しているし困っている気分です」

「ほとんどの人が、自分のことがわかるかわからないかなんて思わないで生きているけれど、あなたは感じてしまうのね。いつも心がひりひりしてしまうんでしょう。それがあなたの才能であり、うつくしさなんだと思うわ」

「でも、苦しいんです。ものすごく苦しいというわけではなくて、なんとなくぼんやり苦しいのがずっと続いているような、そんな心理状態とずっと共生しているんです」

「具体的に、どういう苦しさなのかしら？」

「誰かが自分のことを愛してくれたり、君は素晴らしい才能を持っているとか言ってくれたところでその苦しみが消えるようなものではないんです。自分で自分を認めたいのに、できないでいるんです。自分が誰だかわからないというか、鏡で自分の顔を見ても、それが自分だっていうことが不思議でたまらないような感じです」

「自分のことが、好きじゃないの？」

「神野さんは自分のことが好きですか？」

「私は、これでも自分のことはかなり気に入ってるの。駄目なところはたくさんあるし、いたって普通の容姿だし、私なりの生きづらさみたいなものもあるし、ただの編集者だけども、自分のことが結構好きなのよ」

「羨ましいです」

「確かに楽よ。あなたは表現者だからこうはいかないわね」

「わたしは自分のことがものすごく嫌いで、ものすごく好きなんです。その異なった二つの感情がぶつかり合ってぐちゃぐちゃになって歪んでいるような状態だから、わからなくなってしまう」

「面白い捉え方よ」

「わたしは、自分が作り上げた世界の中でずっとひとりぼっちでした。自分の世界に誰も入れようともせずに、そんな風だから誰も入って来てはくれなかった。誰も気づきもしない。誰ひとりとしてわたしと同じように感じて、同じように共に生きていける人なんてわたしにはきっといないんだって絶望していたんです。でも、神野さんは、その世界に気づいてくれた。わたしを見てくれて受け止めてくれた。神野さんも、わたしと同じように自分の世界を作っている人だと思っています。だからわたしのちっぽけな世界に気づいてもらえたんです。わたしたちは、こういう感覚の中で生きているからわかりあえるんだと思うんです」

「そうね。あなたの言ってること、わかる気がする。私もあなたとは、わかりあえていると心から思うわ」

「わたしはほんとうに神野さんのことを大切に思っているんです。この気持ち伝わってますか？」

神野さんは嬉しそうにワインをごくっと飲んだ。

「伝わってる。そして私も同じ言葉をそのままそっくりあなたに返すわ」

「わたしは神野さんのもとでしか、もう小説を書けません」

「そんなことないわよ。あなたなら書けるわ」

「いいえ、書けません。絶対に神野さんがいいんです」

「私たちすこし酔っているみたいね」


ダンガは、朝早く出掛けていった。

これからしばらく離れるということがまるで嘘みたいなほど、ごく自然にいつものようにわたしは見送った。ダンガはやさしくわたしを抱きしめると、エレベーターのドアを閉めた。不思議なくらい、離れてしまうことなどちっとも恐れていなかった。

ダンガはロンドンの新人向けの映像イベントに作品を出展し、その作品が評価され、主催者の声掛けもあって一年間ロンドンに行くことになった。ロンドンで、若手の映像チームに所属して活動をしていくらしい。「ロンドンに行こうと思うんだ」と突然に言われたときも、わたしは泣いたりしなかった。心の底からダンガを誇りに思った。

悲しいとか、そういう感情はなかった。ダンガがやりたいと思うことを思う存分やってほしい、ただそれだけだった。

そうしてダンガはあっという間に日本から、わたしのそばからいなくなった。

わたしはひとりの時間の過ごし方にすこしだけ困った。五日ほど経って、ようやくダンガがそばにいないことを認識した。それなのに今、わたしはひとりだとか、ふたりだとか、そういう意識から自由になって、パソコンに向かっている。いつものように、書いている。今頃、ダンガがどんな顔をして、どんな話し方で、どんな身振り手振りでロンドンの現場で振る舞っているのか、わたしは知らない。これから先もずっと知らない。それは知らなくていいことなのだと思う。

神野さんが「出来るだけ早く会って話したいことがある」と言って、わたしは表参道のカフェに呼び出された。神野さんは、相変わらずのくたびれたTシャツにデニムという装《よそお》いで、綺麗な顔立ちで背筋をぴんとのばし座っていた。遠くからそのすがたをみとめると、いつもよりも明るい肌の色をしているのがわかった。

「ついに来たわよ」

「なにがですか？」

「『骨を食べる』の映画化よ。鮫島監督が撮るって言ってるの！」

「え？　ほんとうですか？」

「おめでとう！」

刊行当時から映画化の話は度々あがっていたのだが、あれだけ話題を集めた作品であったから、ただ映像化されればいいというわけではなかった。人々の頭の中にそれぞれあったイメージが、映像化されるとたったひとつに決まってしまう。『骨を食べる』といえばあの映像というものが出来上がってしまうのだ。わたしが描いた『骨を食べる』の世界を忠実に再現するのではなく、作品に対して大胆な解釈が絶対に必要だと思っていた。また、物語のクライマックスである骨を食べるシーンを映像にするのはとても難しいことだとみな思っていた。それができるのは鮫島監督しかいないということだったのだ。次から次へと問題作を世に送り出し、映画界の問題児として業界から一目置かれている鮫島監督でなければ『骨を食べる』の映像化は不可能だと、わたしたちの意見は一致していた。

「あなたの描いた世界が新しい色彩をまとうのよ」

「はい」

意識は遠くへ飛んでいき、神野さんの興奮した声を聞きながらいつかのダンガとの会話を反芻していた。

「二年もかかったわね。鮫島さんだったら絶対に斬新な解釈で別世界を作ってくれるっていう確信があるもの。絶対にとんでもない作品になるわよ」

わたしは目の前の紅茶を一口、また一口飲んだ。

「鮫島監督が、わたしの物語を」

「念願よね。楽しみだわ」

「はい」

「近日中に監督と会えるようセッティングしてもらうから、そこでまず顔合わせして色々話しましょう」

わたしはとても喉が渇いて渇いて仕方なくて、水を何度もおかわりした。

17

鮫島監督が撮るということは、『骨を食べる』が鮫島監督自身の作品になるということだった。それまで自分のものだと思っていたものが、ある日突然自分の知らないものになってしまったような気持ちになっていた。わたしはそれを手放したくなくて、ひさしぶりに、『骨を食べる』を手に取っていた。

この本が、わたし自身であるのだろうか。わたしの中から生まれてきたものだということが、今でもほんとうのことなのか、わからない。この本が、わたしの知らないところで知らない人たちに読まれているということが、どれほどのことなのか、わたしは未だにわからない。

わたしのことをなにも知らない人が、わたしの世界を創れるわけがない。『骨を食べる』は、そんな簡単に分かち合えるものではない。知らない人に、容易く入り込まれたくはない。じゃあ鮫島監督は？　わたしも監督に撮ってもらうことを熱望していた。鮫島監督のような鬼才に撮ってもらうことを切に願っていたのだ。間違いなく、映画化は大成功するだろう。わたしのキャリアにとっても大きな意味のある功績になり、何よりも『骨を食べる』がより多くの人たちに読まれるようになるのはわたしが最も望んでいることだった。それなのにわたしは、この状況にどうしようもなく、困っていた。映画化は喜ぶべきことだった。でも今わたしは、鮫島監督が撮った『骨を食べる』を観てみたいと思ってしまったことにひどい罪悪感を感じている。それはダンガを裏切ることを意味しているのだ。

「他の人には、させたくない」――

ダンガの感動的な志願が体中を駆け巡ってわたしは立っていられなかった。フローリングにお尻をつけてソファにもたれてうなだれていた。さっきから何時間もこうして動けなかった。

やっとの思いで立ち上がるとわたしは以前ダンガが観せてくれたダンガの作品のデータをパソコンで開いた。わたしの中にダンガの映像をもっともっと取り込まなくてはいけないような気がした。わたしはなんども観た。なんど観ても、心が歓喜の叫びをあげてやまない。ダンガの才能を、わたしが見逃すわけにはいかない。


独特のコール音が鳴り響いてわたしはそわそわしながらパソコンの前で待っていた。懐かしいダンガの美しい顔が画面に映し出された。見たことのない背景、ダンガは部屋の中にいるようだった。わたしの顔は一瞬にしてほころんだ。

「会いたいよ」

突拍子もない第一声だった。わたしは胸が締め付けられる。

「わたしも、会いたい」

いつものダンガが画面の向こうでわたしを見つめていた。左肘をテーブルにつき顎を手の甲にのせ、微笑みかけていた。

「久しぶりだね」

「うん」

わたしたちはしばらく見つめ合っていた。たまにふふっと笑ったり、手を振ったりしながら画面に向かっていた。互いに話すことが見当たらなかった。それもわたしたちにとっては自然なことで、見つめ合うだけで言葉はさして重要ではなかった。ただ、実際に触れ合える距離でいられるのであれば何時間でも何もしないでいられるが、画面を通して見つめ合うだけではそうはいかなかった。わたしたちは適当な言葉をすこし交わすと、三十分ほどで互いを画面から消した。


ダンガとは深い信頼関係で結ばれていたから、わたしは余計な心配をすることもなかったし、不安になることもなかった。ダンガはわたし以外の女性を基本的に軽蔑していて、潔癖性だったので無駄に疑うことはまったく必要なかった。わたしも無論、根本的に男性が苦手だったし、特に馴れ馴れしく話しかけてくるような、如何《いか》にも男性的な勇ましさを感じるような男性には恐怖心をむき出しにしてしまうほどだった。ダンガが女性に対して抱く感情と同じように、わたしもダンガ以外の男性に対して気持ちが悪いと思うのだった。そのことをお互いがわかりきっていたため、わたしたちは離れていても連絡をとらなくても、他人の存在を気にすることはなかった。

結論を口にすることから逃げたまま、気持ちも不安定な状態だったはずなのに、わたしは新作を書いていた。こんな状況でものうのうと書ける自分を恐ろしいとさえ思った。手を止めてしまえば、またわけのわからない都合のいい涙が出てきそうだった。わたしはたったひとりで向き合うことを決めたのだった。

何度か神野さんからメールが来た。いつものように原稿を催促するわけでもない近況報告のさり気ないメールを貰った。しかし文章の最後にはしっかりと、鮫島監督の過去の作品をまたすべて観直した、ということと、それらがいかに衝撃的ですごいか、そしてその感性が『骨を食べる』でどう表現されるのかを神野さんがどんなに楽しみにしているか、という文章が浮き足立った様子で書かれていた。

こんなに手放しで喜んでいる神野さんを目の当たりにするのは初めてだった。そういう神野さんを尻目に、わたしは無表情で、そのメールに目を通す。

監督との顔合わせの日程が近づいていた。わたしは困惑したまま、タイムリミットが迫っていることを感じていた。意を決して震える手で電話をかけた。無意識のうちに右脚を貧乏ゆすりしていた。

「神野さん、あの」

神野さんは外出中のようだった。車が横を通り過ぎる音がした。

「やっぱり映画化の話なんですが、お断りしたいんです」

「え？　どういうことなの？　なにを言ってるの？」

「すみません」

「もう断るとかじゃないのよ。ちょっと待って、落ち着いて。今そっちに行くから」

いつもの近所のカフェで、神野さんは見たことのないはりつめた顔で待っていた。

「どういうことなの？　ものすごく大きな規模で動いていて、出資もたくさん集まっているし、この映画化でもう何万部も売れるのよ」

「承知してます」

「鮫島監督なのよ。二年前からずっと調整してきたのよ。あなただって鮫島監督になら『骨を食べる』を納得いく形で映像にしてもらえると思うってあんなに言っていたじゃないの？」

「すみません」

「どうして？　納得できる理由を聞かせてちょうだい」

「完璧にわたしの世界を、理解してもらえるのか不安があります。神野さんにもわかっていただいている通り、あの作品はものすごく複雑なんです」

「それはもちろんそうだけど」

「鮫島監督に撮ってもらうことは、間違いなくわたしの理想でした。とんでもない衝撃作になることは保証されていると思います。でも、撮ってもらいたい人が他にいるんです。その人は、まだ、世に出ていない人ですし、キャリアはほとんどないです。でも、ほんとうにヴィヴィッドなんです。彼みたいな人は、他にいないと思うんです」

「ちょっと待ってよ。撮ってもらいたい人がいる？」

「はい」

「つまり、その人じゃなきゃ駄目だっていうわけ？」

「はい。近い将来、そうなると思うんです。その時が、『骨を食べる』が映画になるタイミングなんだと思うんです」

「子供みたいに困ったことを言わないで。あなたそんなこと、一言も言ってなかったじゃない」

「すみません」

「どれだけの人があなたに関わってると思ってるの？　この話をこの段階でひっくり返したら、大変なことになるわ。あなたに直接関係することでいえば、まず私があなたの担当を外れるのは間違いない。私の進退だってどうなるかわからない」

わたしは息を呑んだ。

「あなたとはもう二度と一緒に小説を作れなくなるわ」

神野さんと二度と一緒に小説を作れなくなる。そんなことは考えもしなかった。わたしは驚きを隠すために俯いて呼吸をするので精一杯だった。そしてまた右脚を貧乏ゆすりしていた。

「すみません神野さん。あと、一日ください」


自分の話す音程のない声、湿った空気、神野さんのこわばった顔、なにもかもが怖かった。想像以上に事態は深刻だった。断ることで神野さんの進退に影響が出るということは考えもしなかったし、神野さんと二度と一緒に小説が作れなくなるということはわたしにとって致命的だった。神野さんがわたしを離れるということを考えると、怖くてたまらなかった。

わたしは神野さんがくれた言葉のすべてを思い出しては泣いていた。自分の決断に怯えていた。でも、答えが変わることはなかった。わたしは神野さんを傷つけ、捨てる。それを知りながら泣くのはあまりにも都合がよすぎると思った。そういう涙は偽善の涙で、神野さんに対してこの上なく失礼だと思った。

わたしはまた、書く。書きたいという思いと、書かなくてはいけないという勝手な自意識の上にある使命感とで書く。やっぱりわたしは、この世界でしか生きられない。そんな自分を初めて哀れに思った。

わたしは一生懸命にダンガのことを考える。ひたすらダンガを想う。わたしは想像の中のダンガに触れていた。ダンガはいつものように美しくて、さりげなく薄く線のついた二重まぶたでこちらを見つめる。触れたくて手を伸ばすと、ダンガは黙ってそれを受け入れ心地よさそうに眼を閉じる。わたしは首筋から頬、瞼の皮膚の感触を指先で繊細に確かめ、やがて鼻骨を撫でる。そうして胸、腹にたどり着く。固く細いしなやかな筋肉がわたしを困らせる。狂喜する。乱れる。酔いしれる。

また顔を見上げる。この顔を好きなだけ見られることにわたしは感謝する。ダンガはいつものようにその整った顔でまた、わたしのことを可愛いと言う。その言葉を真に受けて、わたしは美しいふりをする。醜さを隠して。

わたしは知っている。

ダンガはどんな言葉が欲しいのか。どういうときに放っておいてほしいのか。どんな風に見つめて欲しいのか。わたしはなんでも知っている。見つめる。ただひたすらに見つめる。ダンガがわたしに聞き取れない声で何かをつぶやいて微笑んだ。

たとえ誰を失っても、ダンガのそばで小説を書く。ダンガの望みを叶えられるのは、この世界でわたしだけだ。ダンガはわたしの体の中にとろとろになって溶け込んでいる。

わたしは外の世界でひとりぼっちになってしまった。

でもそれは、他の誰でもない、自分が選んだことだった。

永遠に続いてしまいそうな深い眠りから目を覚ますと、とっさに涙の予感が鼻をつき、とてつもない悲しみが込み上げてきた。わたしは裸のままベッドの中で動けずにいた。冷たい汗をかきながら、布団の中にわたしのあらゆる要素が混ざった独特の香りをこもらせすすり泣いていた。悲しいという感情になって泣いていることはわかるのに、この悲しみが一体どこからやってくるのかはわからなかった。ただ目を覚ました時に、寝室のベッドでたったひとりだった自分に絶望し、どうしようもなく救いようのない気分になったのは確かだった。どれくらいの時間が経っただろう。ひとしきりの汗と涙でシーツがしなびた。

わたしは自分の体に触れた。あらゆるところを撫でながら、わたしがわたしであることを確認する。この滑らかに潤った皮膚の向こうにある体の中からわき上がってくる破壊的な感情がわたしをかき立てる。わたしは小説の奴隷だ。そしてその奴隷が奇跡を生み出している。わたしはわたしでしかない。そういうわたしを、わたしは心底愛している。自分が可哀想で、憎くてたまらないのに、こんなにも愛している。愛してる。

わたしはもう何も、思わない。


インターホンが鳴った。

無視しても鳴り続けるのでしぶしぶモニターを見ると神野さんだった。

「私、やっぱりあなたのこと信じてるのよ。鮫島さんとの顔合わせを段取りしたわ。これから会いに行きましょう」

突然の訪問だった。

「一時間後にアポをとっているの。ここで待たせてもらうわね。さあ早く着替えて。それにしてもあなた、なんだか今日は目が腫れてるわ」

ピンクとパープルのタイダイ柄の大きなTシャツを被り、チープマンデーのスキニーデニムを穿いた。メイクはしないで真っ白な顔にいつもの赤いリップだけ塗った。着替えてきたわたしを見るなり神野さんは、「いいTシャツね」と言った。

鮫島監督が編集作業をしているという編集所は品川埠頭の海沿いにあった。タクシーを降りて編集所の前まで来ると、鮫島監督のマネージャーだという女性が待っていた。女性に案内され長い廊下を歩き、編集所内のミーティングルームで待った。

「ほんとうにわかり合える人は、実際に会えば絶対にわかるものなのよ」

そう言うと神野さんが黙ったから、部屋はとても静かだった。暫くそうしていると急に騒がしい気配がして、話し声とともに幾つかの足音が近づいてきた。神野さんはそわそわして、背筋をぴんと張った。

「どうも」

どっしりとした低音の声がゆっくりと発声した。鮫島監督はスキンヘッドで、体は鍛えられているが思いのほか小柄だった。後ろに先ほどの女性マネージャーとプロデューサーだという男性がいて、紹介を受けた。

「鮫島監督。お忙しいところ本日はありがとうございます」

前のめりに挨拶する神野さんには目もくれず、鮫島監督がわたしのほうに向いた。

「きみがラウラさん。はじめまして」

鮫島監督に手を差し出され、ものすごい力で握られたので手の甲が砕けることを想像させた。しびれるような眼力で目を見つめられ、わたしも目の前のふたつの目を見つめると監督の白目が黄色く濁っていたので、それを見ていた。

「座りましょうか」

思っていたよりも普通の人だった。わたしは無遠慮に観察した。

「なるほどね。面白い」

監督はわたしを見てそう言い、目の前にあったコーヒーをずずっと飲んだ。

「鮫島監督、『骨を食べる』を読んでくださったんですよね」

会話を促すように神野さんが問いかけた。

「とても面白かったですよ。映画には向かないっていう人たちもいたみたいだけど、僕は映画にしがいのある物語だと思った。どこかに狂いがないと映画は面白くない。骨を食べるシーンはやっぱり面白いよね。観た人の破壊衝動を挑発するようなシーンになるよ」

監督がわたしを一点に見ながら話している。横で、まるで自分に話しかけられているかのように、神野さんが頷いている。

「きみは誰も模倣できない迷路みたいだ。模倣できないし、そもそもラウラさんもそこからきっと抜け出せない。きみ自身が、自分のことがわからなくて迷路の中にいるような、それがあなたの魅力なんでしょう」

「私も同感です」

神野さんが声をはずませて言った。

「もう頭の中では出来上がってる」

「私どもも鮫島監督に撮っていただけることを大変嬉しく思っております」

わたしが声を発する順番だった。でもわたしは黙っていた。

部屋中の視線がわたしに集まる。

「あの、」

沈黙をとりなそうとする神野さんの声をわたしはさえぎる。

「すみません。撮るのはあなたではありません」

椅子の脚が床をこする音とともに席を立った。

長い廊下を歩きながら、わたしはもう書きたいと思っている。

見たことのない、ほんとうに新しい顔をして。

この作品は書き下ろしです。

加藤ミリヤ

1988年6月生まれ。24歳のシンガーソングライター、ファッションデザイナー。14歳から作詞・作曲を始める。2011年9月、初めて執筆した小説『生まれたままの私を』を発表。本書は二作目の小説となる。

加藤ミリヤ FAN CLUB SITE『加藤ミリヤ／MILIYAH』 http://miliyah.com/
最新情報、ブログ、メッセージ動画、Q&A、チケット先行受付など、当会員だけのオリジナルコンテンツが満載。

Art Direction, Model	MILIYAH KATO
Photographs	BUNGO TSUCHIYA
Styling	TETSUYA NISHIMURA (holy.)
Hair&Make	RYO
Book Design	CHIKAKO YAMAMOTO

UGLY　アグリー

2012年11月10日　第1刷発行

著　者　加藤ミリヤ
発行者　見城 徹

発行所　株式会社 幻冬舎
〒151-0051 東京都渋谷区千駄ヶ谷4-9-7
電話　03(5411)6211(編集)
　　　03(5411)6222(営業)
振替 00120-8-767643
印刷・製本所　図書印刷株式会社

検印廃止

ISBN978-4-344-02278-2　C0093
幻冬舎ホームページアドレス　http://www.gentosha.co.jp/

この本に関するご意見・ご感想をメールでお寄せいただく場合は、
comment@gentosha.co.jpまで。